청소년을
위한
소설심리
클럽

어쩌다 보니 왕따

초판 1쇄 펴낸날	2012년 7월 24일
초판 12쇄 펴낸날	2025년 4월 7일
지은이	김종일 신여랑 이문영 장주식 전삼혜 좌백
펴낸이	홍지연
기획	청소년온라인문학관 글틴
편집	홍소연 김선아 김영은 차소영 조어진 서경민
디자인	이정화 박태연 정든해 이설
디자인&아트디렉팅	정은경
마케팅	강점원 최은 신예은 김가영 김동휘
경영지원	정상희 배지수
펴낸곳	(주)우리학교
출판등록	제313-2009-26호(2009년 1월 5일)
제조국	대한민국
주소	04029 서울시 마포구 동교로12안길 8
전화	02-6012-6094
팩스	02-6012-6092
홈페이지	www.woorischool.co.kr
이메일	woorischool@naver.com

ⓒ 김종일 신여랑 이문영 장주식 전삼혜 좌백, 2012
ISBN 978-89-94103-41-9 44810

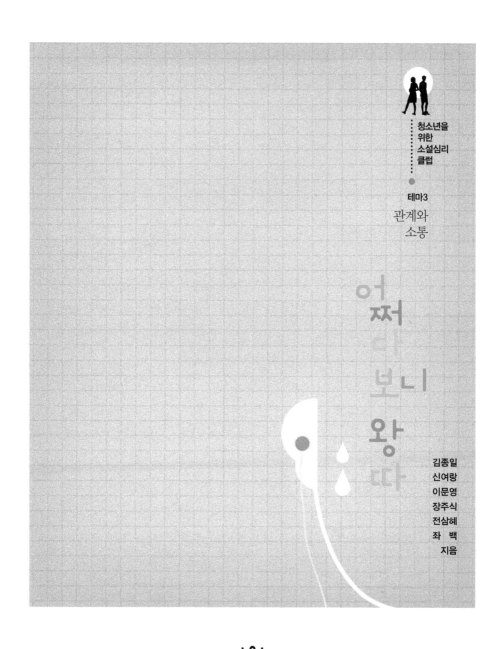

청소년을
위한
소설심리
클럽

테마3
관계와
소통

어
쩌
다
보니
왕
따

김종일
신여랑
이문영
장주식
전삼혜
좌 백
지음

우리학교

아이들이 아프다.

태어나기도 전 엄마 뱃속에서부터 경쟁을 배우고, 초등학교에 입학하기 전부터 학원을 몇 개씩 다녀야 한다. 교실에서는 친구를 밟고 일어서야 자신의 존재를 드러낼 수 있다. 이긴 자만이 살아남는 것을 당연히 여기는 한국 사회에서 아이들 머리 위로 자살과 왕따, 성폭력의 어두운 그늘이 드리우는 것은 어쩌면 당연한 일이다.

그러나 동시에 아이들은 저마다의 삶에서 가장 순수하고 에너지 넘치는 시기를 지나고 있다. 오직 십대만이 가질 수 있는 생기와 발랄함으로 아이들은 숨 돌릴 틈조차 없는 무거운 일상을 끌어안고 헤쳐 나가고 있다.

십대들의 푸르고 날것 그대로인 고민을 수다 떨 듯 유쾌하게 이야기해 볼 수는 없을까? 아이들 스스로가 가진 내면의 힘으로 자기 자신을 위로하고 치유하게 할 수는 없을까? 한국문화예술위원회가 운영하는 청소년 문학사이트 글틴(http://teen.munjang.or.kr)에 연재한 〈청소년을 위한 소설심리클럽〉은 이러한 고민에서 비롯되었다.

갈등 상황에 놓여 있는 아이들은 어른들의 충고나 조언을 '잔소리'로 알아듣기 쉽다. 마음의 문을 닫아 버린 아이들에게 비슷한 갈등 상황에 처한 친구의 이야기를 들려주는 것은 섣부른 충고보다 훨씬 큰 도움이 될 수 있다. 아이들의 아픔에 귀를 기울이고 있는 청소년 작가들에게 도움을 요청하였다. 아이들이 처한 크고 작은 갈등과 고민을 예민하게 포착하여 소설에 담아 달라 하였다. '현실의 문제점을 드러내고 반성하는 이야기도 아니고 아이들을 계몽하기 위한 이야기도 아니다. 아이들이 정서적 공감대를 느낄 수 있는 주인공을 통해 아이들이 자기 자신의 모습을 발견할 수 있게 해 달라'는 당부를 곁들였다.

그렇게 모인 소설들에 오랫동안 아이들과 교감을 나누어 온 교사들이 소설을 읽고 난 후에 함께 해 볼 수 있는 활동을 구성하였다. 주인공은 왜 괴로워하는 것인지, 주인공을 나와 견주어 보면 어떠한지 질문을 던져 봄으로써 문제를 해결해 나가는 실마리를 찾을 수 있도록 하였다.

"나다운 건 뭘까?", "내 삶은 앞으로 어떻게 펼쳐질까?"와 같은 제법 묵직하고 철학적인 고민에서부터 "머리를 기르고 싶은데", "짜증나는 친구와 절교를 해야 하나?"처럼 일상적이고 소소한 고민에 이르기까지 청소년기는 크고 작은 고민과 갈등으로 점철된 시기이다. 성장기의 고민은 삶을 살아가는 데 없어서는 안 되는 자산이자 어른이 되기 위해 누구나 마땅히 치러야 하는 값진 통과의례이기도 하다. 이 시기를 통해 청소년들은 '나'라는 자아의 윤곽을 만들어 가고 또 앞으로 살아야 할 삶의 방향 또한 결정하기 때문이다. 그러나 그 '값'은, 다른 한편으로는 '상처'의 값이기도 하다. 성장통은 누군가가 말했듯 그 시기를 통과한 사람들에게는 가벼운 한때의 홍역처럼 여겨질지 몰라도 고민의 복판에 서 있는 아이들에게는 우주의 무게와 맞먹는다.

어떤 고민을 가진 아이들이든 〈청소년을 위한 소설심리클럽〉에서 "이건 내 문제랑 똑같은데."라며 공감할 수 있는 작품을 만나게 될 것이다. '성장'이라는 외로운 터널을 지나는 아이들에게 이 책이 따뜻한 위로와 격려가 되어 주길 바란다.

온라인 청소년 문학관 〈글틴〉 편집위원
박상률, 김주환, 좌백

|차례|

〈청소년을 위한 소설심리클럽〉을 펴내며 4

。。먹고 싶다, 수박 ········ 장주식   9
★읽고나서 닮은 듯 다른 우리들   32

。。3월의 법칙 ········ 이문영   39
★읽고나서 우정의 기초   64

。。어쩌다 보니 왕따 ········· 좌백   69
★읽고나서 왕따 일시 정지   86

。。이토록 고요한 소년의 나날들 ········· 신여랑   93
★읽고나서 벗어나고 싶은, 벗어날 수 없는   113

。。산수유 ········ 김종일   119
★읽고나서 엄마, 저예요   144

。。여름날 ········ 전삼혜   149
★읽고나서 친구를 로그인하다   171

먹고 싶다,
수박

- 장주식

읽기 전에

사람은 누구나 혼자 살 수 없습니다. 혼자 이 세상에 나온 사람이 없듯이 말이죠. 어린 시절 부모님이 전부였던 우리는 자라면서 친구의 소중함을 알게 됩니다. 친구를 통해 거울을 보듯 내 모습을 보기도 하고, 밀고 당기며 서로의 부족한 점을 채워 주기도 합니다. 그런데 아무리 친하게 지내는 친구들이라도 그 성격은 저마다 제각각일 거예요. 세상에 똑같이 생긴 사람이 없듯이 아무리 비슷한 것 같아도 조금씩 다르게 마련이지요.

이 소설은 얼떨결에 손에 넣은 수박 한 통이 불러온 갈등에 관한 이야기입니다. 아무것도 아닌 듯 보였던 작은 갈등은 단짝 6인방 친구들의 우정을 순식간에 엉클어 버리지요. 여러분은 친구들의 행동에 끌려다니기만 한 적이 있나요? 친구 때문에 하기 싫은 일을 억지로 한 적이 있었나요? 그리고 누군가의 도움이 절실했을 때 다가와 준 이에게 어떤 감정을 느꼈나요? 영국의 한 출판사에서 '친구'의 정의를 물었을 때 "친구란 온 세상이 다 내 곁을 떠났을 때 나를 찾아오는 사람"이란 말이 1등을 차지했다고 합니다. 소설을 읽으며 친구의 의미를 다시 생각해 봅시다.

먹고 싶다, 수박

◇◇◇

그건 참 이상한 일이었다. 약 두 시간에 걸쳐 일어난 그 일은 마치 한바탕 꿈을 꾼 것 같기도 했다. 체육 시간에 여유 시간이 너무 많았던 게 문제였다. 줄넘기 평가를 하는 날이었다.

"적당한 데서 연습하고들 있어. 부르면 잽싸게 오고."

노란 선글라스를 낀 체육쌤의 말이었다. 아이들은 사방으로 흩어졌다. 나는 세영, 지원, 은비, 인정, 영주와 함께 뭉쳐서 갔다. 우리는 자타가 공인하는 육인방이다. 콩 한 개도 여섯 쪽으로 나눠서 먹을 수 있다고 서로 믿는 사이다. 한 번도 그래 본 적은 없지만. 이리저리 돌아다니다가, 자리 잡은 곳이 조회대 위였다. 그곳은 시멘트로 깔끔하게 처리되어 있어서 맨땅에서 줄을 넘는 것보다 나았다. 하지만 줄넘기는 뒷전이었다. 넘는 둥 마는 둥, 별 영양가 없는 수다로 시간을 보냈다. 체육쌤이 본다면

"어휴, 저것들!"

하고 속을 박박 긁겠지만. 인정이는 아예 줄넘기를 저만치 집어던지고, 바닥에 퍼질러 앉았고, 단비와 영주는 줄넘기 한 개로 서로 몸을 묶고 있었다. 그때 갑자기, 세영이가 외쳤다.

"어머, 어머! 얘들아, 저것 좀 봐."

눈들이 한꺼번에 세영이가 가리키는 곳으로 쏠렸다.

12

"보여? 얘들아, 보이지? 수박 말이야."

진짜로 있었다. 수박이었다. 조회대 옆, 비탈진 잔디밭, 늙은 겹벚꽃 나무 아래, 수박이 있었다. 단 한 개. 수박 포기도 딱 하나였다. 오리발처럼 갈라진 길쭉한 초록 이파리들은 그닥 싱싱해 보이지 않았다. 그러나 수박은, 생각보다 컸다!

"와, 크다! 인정이 머리보다 크겠다."

지원이가 인정이 머리를 끌어안으며 소리쳤다. 녹색 덩어리에 선명하게 죽죽 그어진 짙푸른 선들. 수박은 튼튼해 보였다. 손가락으로 퉁기면, 퉁! 하고 소리를 낼 것 같다. 나는 수박을 손가락으로 퉁겨 보고 싶은 마음이 불현듯 솟아나자, 참기 어려웠다.

"아, 저거 우리 따 먹으면 안 될까? 수박이 언제부터 저기 있었지? 왜 그동안 못 봤을까?"

내가 이상한 흥분에 휩싸여 마구 말을 쏟아내고 있을 때, 벌처럼 윙 하고 수박에게로 날아간 인간이 있었다. 지원이었다.

"먹고 싶으면 따지 뭐."

아아, 그 아무도 말릴 새가 없었다. 마치 오랜 세월 수박 농사를 지어 온 농부라도 되는 양, 아주 능숙한 솜씨로 지원이는 수박을 뚝 따서, 가슴에 안고 환하게 웃었다.

"야, 너!"

거의 비명에 가까운 짧은 소리가 모두의 입에서 터져 나오고, 순간 정적. 입을 벌린 채 아이들은 얼음이 되었다. 지원이 표정이 가장 볼만했다. 수박을 가슴에 안고 우는 듯 웃는 듯 두려운 듯 오묘한 표정. 일단 일을 저질러 놓고 보는 지원이다웠다.

"왜에에~~"

지원이는 친구들을 올려다보며 애절한 가락으로 호소하듯 내뱉었다. 지원이의 호소에 누구도 선뜻 대답을 하지 않았다. 갑자기 근심에 휩싸인 지원이가 일부러 울음 섞인 소리를 내면서 다시 애원 조로 말했다.

"수박 먹고 싶지 않아? 니들."

"먹고 싶긴 하지……."

인정이가 대답했다. 나도 먹고 싶다고 말을 보태려는데, 은비가 먼저 말했다.

"난 안 먹을래. 그, 리, 고."

글자를 끊어서 또박 또박 발음한 뒤, 은비는 한 걸음 뒤로 물러나며 덧붙였다.

"나는 빠지겠어. 이 사건은 나와 무관한 거야. 난 결코 이 상황을 인정할 수 없어."

은비는 말을 하는 중에도 걸음을 옮겨, 마침내 조회대에서 바깥으로 나가 버렸다. 머뭇거리던 영주도 은비를 따라갔다. 수박을 가장 먼저 발견했던 세영이는 은비를 보다가 지원이를 보다가 허둥대며 "어떡해, 어떡해."를 연발하더니 엉뚱하게도 줄넘기를 들고 줄을 넘기 시작했다.

멀리서 시끌시끌 아이들이 오는 소리가 들렸다. 가장 괴로운 사람은 당연히 지원이었다. 수박을 안은 채 엉거주춤 선 지원이. 나는 지원이를 구출하는 게 가장 급선무라고 판단했다. 눈에 띄는 대로, 지원이의 신발주머니를 들고 달려갔다.

"얼른 넣어!"

신발주머니의 주둥이를 벌리고 내가 말했다. 지원이는 수박을 딸 때처럼, 재빠른 동작으로 수박을 집어넣었다. 팔을 두어 번 흔들어 보던 지원이는

"휴- 살았다."

숨을 폭 내쉬곤 멀리서 다가오는 아이들을 힐끔 바라보았다. 신발주머니 깊이가 얕아서 수박 등이 손등만큼 내보인다.

"야, 보인다. 수박이 너무 커."

수박이 큰 것이 결코 탓 될 일도 아니건만, 지원이는 수박이 큰 탓을 하면서 사방을 휘휘 둘러보다가 조회대 난간에 걸려 있던 체육복 점퍼를 벗겨서 신발주머니를 감쌌다.

"야, 그거 내 껀데."

세영이가 외쳤지만, 지원이는 들은 체도 하지 않았다. 졸지에 내가 수박을 끌어안게 되었다. 다른 사람들이 보면야 체육복을 가슴에 안고 있는 것처럼만 보이겠지만.

그런 일들이 벌어지고 있는 동안 체육 시간은 끝이 나버렸다. 나와 지원이, 세영이와 인정이는 잘 감춘 수박을 끌어안고 교실로 들어갔다. 다른 아이들이 접근하지 못하도록 나를 가운데에 두고, 세 아이들이 보호하면서 걸었다. 우리 넷의 눈빛 교환은 은밀했다. 다른 사람들 몰래 우리만의 비밀을 공유한다는 건 꽤 짜릿한 맛이 있었다. 더구나

뭔가 조금은 찜찜한 일, 곧 결코 선한 일이 아니며 들통이 난다면 비난을 받을 것이 분명한 비밀. 공범자로서 서로를 지켜줘야 한다는 희한한 사명감까지 생기는 그것. 누가 심어 가꾼 수박인지는 알 수 없으나, 공공의 장소에 심겨져 있었으므로 누구든 발견한 사람이 먹을 수 있지 않겠느냐고, 나는 그런 생각을 하며 이건 남의 것을 훔치는 게 아니다, 라고 스스로를 합리화하고 있었지만 마음이 불편한 건 사실이었다. 수박은 너무나 잘 가꿔져 있었기 때문이다. 수박 줄기 주변은 잡초를 제거하면서 흙을 돋워 놓는 등, 사람의 손길이 확연했다. 당연히 수박이 저절로 나서 자랐다면 그렇게 상품 가치가 있을 정도로 되진 못했을 것이다. 정성을 들여서 가꾼 사람이 있는 게 분명했다. 마음이 걸리는 것은 바로 그 부분이었다. 서로 입 밖에 내놓고 말하지 않았지만, 다른 세 친구도 그렇게 생각할 게 틀림없었다. 눈빛만 봐도 안다.

교실에 들어가서도 우린 한 덩어리로 뭉쳐서 앉았다. 사태의 해결을 위해 의견을 나눠야 했다. 수박이 든 신발주머니는 책상 밑에 넣었다. 그리고 우리 넷은 머리를 가까이 모았다. 나는 책상 하나 건너에 앉은 은비를 보았다. 은비는 평온한 얼굴로 가방을 챙기고 있었다. 은비 옆에 앉은 영주와는 눈이 마주쳤다. 영주는 자주 자주 우리 쪽을 보고 있었던 거다. 영주는 나와 눈이 마주치자 어색하게 웃었다. 나는 은비의 평온한 옆얼굴을 보면서 두 개의 감정을 동시에 느꼈다. 부러움과 서운함. 은비와 나는 중학교에 들어와 2년 연속 같은 반이 되었다. 9개반 중에서 같은 반이 될 확률은 높지 않았다. 보통 서너 명에 그친다. 더구나 지난해의 절친이 다시 같은 반이 될 확률은 정말 낮았다. 은비와 난 일학년 때 베프였다. 물론 지금은 더더더 베프다. 그런 은비가 지금 저렇게 무심하게 나를 돌아보지조차 않고 있다. 절친이란, 무슨 일이든 같이해야 하는 것 아닌가, 나는 그런 생각에 서운했다. 그러나 부러움이 더 컸다. '그건 옳지 않아.' 라고 서슬 푸르게 손을 딱 떼 버리는 그 결단성. 부러움을 넘어서 그런 결단성을 가진 은비가 절친이라는 것이 은근히 자랑스러운 생각도 들었다. 하지만 허전함은 어쩔 수 없었다. 은비가 빠진 채 수박 문제를 해결해야 한다는 것이.

지원이가 내 어깨를 툭 쳤다.

"듣고 있어? 왜 대답을 안 해?"

지원이, 인정이, 세영이가 모두 나를 보고 있었다.

"으응, 뭐?"

"기집애. 고새 딴 생각을 하고 있냐? 화장실 가서 먹는 게 어떠냐고, 수박을."

지원이가 낮은 소리로 속삭였다.

"화장실에? ……."

나는 잠깐 대답을 머뭇거렸다. 뭔가 불현듯 비겁하다는 생각이 들었다. 누군가 가꾼 수박을 딴 일차적인 잘못을 조금이나마 보상하려면 수박의 처리 문제는 공명정대해야 될 것 같았다. 우리끼리 숨어서 먹는 것은 잘못에 또 하나의 잘못을 더 얹는 게 아닐까. 나는 말했다.

"아냐. 다 같이 먹자."

"뭐?"

지원이가 눈을 동그랗게 떴다. 세영이 인정이도 마찬가지였다.

먹고 싶다, 수박

"담임쌤 오시면 말해서, 애들 다 같이 먹자고."

모든 수업이 끝났으므로, 담임이 종례를 하기 위해 곧 교실에 올 것이었다.

"미쳤어? 벌점 먹을 거야."

"발바닥을 맞을지도 모르고."

"다른 애들한테 욕먹을 걸."

셋에서 한마디씩 지껄였다. 나는 조용조용 차분하게 내 생각을 주장했다.

"담쌤이 말이야. 허헛 자식들, 왜 그랬어? 뭐 어쩌겠냐? 이왕 따 온 수박이니 나눠 먹자. 허헛. 하고 말하실 거 같애. 그럼 얼마나 좋아. 우리 지금 이 찝찝한 기분도 다 없어지고, 친구들하고 다 같이 수박 한쪽씩 먹고 말이야. 아, 수박이 한 개밖에 안 되니까 모자라면 우린 안 먹어도 되고. 난 이 방법이 가장 좋을 것 같아. 어때?"

"쳅첩."

세영이가 침을 입 속에서 모아 소리를 내더니 말했다.

"담쌤이 그렇게 안 나올 거 같은데. 평소에 하던 태도를 볼작시면 말이지. 무조건 벌점 먹는다에 난 한 표!"

"난 발바닥 맞는다에 한 표! 넌 우리학교 3대 악당을 너무 물렁하게 본단 말이야."

그렇다. 우리 담임은 60여명에 이르는 교사들 중에 3대 악당으로 꼽힌다. 3대 악당 중에서도 첫 손가락이 틀림없을 거였다. 도교육청에서 학생인권조례를 만들고 절대, 결코, 교실에서 체벌이 있어선 안 된다고 지시가 내렸건만, 담임은 콧방귀였다. 두 팔을 머리 위로 쭉 뻗어서 의자를 들고 서 있기 5분은 기본이고, 툭하면 발바닥을 회초리로 때렸다.

　─너희가 학생 인권이 있다면 나는 교사 인권이 있다. 이게 나의 교권을 보호하는 최소한의 장치야.

　담임은 주장이 분명했다. 그런 면에선 은비가 담임을 닮은 게 분명했다.

　"너는 발바닥을 맞아 본 적이 없지? 공부를 잘하니까."

　발바닥을 자주 맞는 인정이가 말했다. 정말 그렇다. 나는 발바닥을 맞아 본 적이 없다. 의자 들기는 단체 벌이므로 무조건 들어야 하지만, 발바닥 맞는 건 개인 징벌이었다.

　인정이와 세영이의 극구반대에 동참한다는 의미로 지원이도 말 없이 고개를 천천히 흔들었다. 말 없는 지원이의 그 행동이 더욱 견고한 반대 표시로 느껴졌다. 난 답답했다. 왜 얘들은 뉘우칠 줄을 모를까. 나도 이쯤에서 손을 떼 버릴까. 나는 다시 은비를 바라보았다. 초연하고 편안한 모습. 지원이의 우발적인 행동에 은비는 재빠른 판단으로 결단을 하였다. 하지만 난 어떤가. 우유부단한 나. 이러지도 저러지도 못하면서, 그 알량한 우정을 지킨다는 마음으로 잘못된 일에 동참하고 있지 않은가. 아니, 나도 사실 수박을 따고 싶었을지도 모른다. 지원이가 뚝 따버렸을 때, 야아~하고 외쳤지만 속으로 슬며시 쾌감도 있었던 걸 희미하게 기억한다. 그런데 이제 와서 손을 떼겠다고? 나는 마음을 고쳐먹었다. 그리고 다시 한 번 아이들을 설득해 보았다.

　"얘들아, 그렇게 하자. 담쌤이 벌점 멕이면 먹고, 발바닥 때리면 맞

자. 그게 속 편할 거 같애. 응?"

나는 애절하게 호소하는 눈빛을 세 친구에게 보냈다. 반응은 싸늘했다.

"난 못 해!"

인정이가 세차게 고개를 흔들었고, 지원인 되려 나를 설득했다.

"너 왜 그래? 넌 발바닥 안 맞아 봐서 모르는 거야. 마이 아파, 흑흑. 걍 우리끼리 먹어도 될 걸, 왜 일을 크게 만들어? 응? 화장실 가서 먹자, 응? 다정아."

지원이가 내 이름 다정이를 정말 다정하게 부르면서 말했다. 난 마음이 흔들렸다. 우유부단한 내 본색이 여지없이 드러나고 있었다. 우리 넷이 수박 처리에 대하여 합의를 보지 못하고 괴로워하고 있을 때, 담임이 불쑥 교실에 나타났다. 아이들이 제각각 떠들던 말소리를 낮추며 제자리를 찾아서 앉았다. 담임은 실내를 한 바퀴 빙 둘러본 다음, 천천히 말했다.

"오늘은 별일 있었니?"

"아뇨. 없었어요."

아이들이 늘 하던 습관처럼 합창을 했다. 담임은 만족스런 얼굴로 고개를 끄덕였다.

"좋아. 각자 위치로."

담임은 교실을 나갔다. 담임은 바람처럼 교실을 다녀간 것이다. 나는 수박 얘기를 할 틈을 결코 잡을 수 없었다. 아니 담임이 별일 있었니? 하고 물었을 때가 수박 이야기를 할 틈이었지만 나는 그런 용기가 없었다. 담임이 별일 있었니? 하고 물었을 때, 인정이 지원이 세영이가 한꺼번에 나를 쳐다봤었다. 그때 만약, 내가 수박을 땄어요! 하고 말했다면? 그건 친구들을 배반하는 행위일까. 친구들을 악에서 구하는 행위일까. 알 수 없는 일이다.

어쨌든 담임은 사라졌다. 담임이 긴 복도를 걸어 아래층으로 내려가는 것을 확인하고 돌아온 지원이가 말했다.

"화장실 가자. 수박 먹으러."

지원이의 목소리는 당당했다. 이제 나의 제안은 아무런 힘을 발휘할 수 없다는 걸 지원이는 너무나 잘 알고 있었던 거다. 그러니 남은 방법은 화장실행뿐이었으니. 그때 은비가 내게 가까이 다가와서 말했다.

"다정아, 나 먼저 가 있을게. 이따 보자."

은비가 먼저 가 있을 곳은 음악실이다. 대회가 얼마 남지 않아 방과 후에 합창 연습을 한 시간씩 한다. 은비와 나는 똑같이 알토 파트다. 은비는 수박이 숨겨져 있는 내 책상 밑을 슬쩍 한 번 보고 돌아서서 교실을 나갔다. 하나로 묶인 긴 머리카락을 찰랑이며 걸어가는 은비의 뒷모습이 무척 가벼워 보인다.

은비가 나간 뒤 돌발 사태가 벌어졌다. 갑자기 세영이가 수박을 덮은 자기 체육복을 들어 올린 것이다. 아직 교실엔 아이들이 여럿 남아 있는데도 말이다. 수박이 담긴 지원이의 신발주머니는 책상 밑에 있었으므로 물론 아이들에게 들키진 않았다.

"얘들아, 미안. 나 깜빡했어. 얼른 가 봐야 해. 늦으면 엄마한테 죽는당. 우리 가족 오늘 외할머니네 가걸랑. 생신이라서. 정말 미안, 미안.

나 갈게."

　말을 하면서 교실을 나가던 세영이. 그래서 '나 갈게' 라는 말은, 복도에서 들려왔다. 엄청 바쁘고 급하다는 것이 그대로 행동에서 묻어났다. 세영이를 아무도 잡지 못했다. 아니 잡을 생각도 못했다는 게 맞는 말이다. 남은 인정이와 지원이, 나는 서로 멀뚱히 얼굴을 쳐다보았다. 세영이 다음은 인정이었다. 인정이가 얼굴을 살짝 붉히면서 말했다.

　"저기, 있잖아. 나도 사실, 얼른 가야 되거든. 수박을 먹고 싶기는 하지만…… 나, 그냥 갈게. 미안해. 나~~간다."

　인정이도 가방을 둘러메고 교실을 나갔다. 지원이와 나는 할 말이 없었다. 아니, 갑자기 우린 벙어리가 된 것이다. 지원이는 속으로 무슨 생각을 하고 있는지 모르겠지만, 나는 적잖이 당황스러웠다. 나도 가야 되는 건가? 수박을 딴 사람은 지원이니까, 지원이 보고 알아서 해결하라고 하면 그만 아닌가. 세영이도 인정이도 대놓고 그런 말은 없었지만, '미안해.' 라는 말이 '지원이 니 책임이야.' 라는 말과 동의어로 쓴 것이 아닐까. 그렇다면 나도 '지원아, 미안하다.' 하고 가버리면 그만 아닌가. 이런 저런 생각이 머릿속에 줄지어 일어나는 통에 말을 못하고 내가 우물거리고 있을 때, 지원이가 먼저 말했다.

　"저, 다정아. 나도…… 가야 되는데. 어떡하지? 이 수박. 나 신발주머니 가져가야 되는데."

　정말 뜻밖의 말이었다. 지원이의 말을 나는 얼른 이해할 수가 없었다.

　"무, 무슨 말이야? 너도 간다고? 수박은 어떡하고."

　"나도 집에 가야 되거든. 빨리. 니가 좀 해결 할 수 없을까? 이 수박."

"나 혼자?"

"응. 다정아, 난 널 믿어, 헤헤. 넌 훌륭한 친구잖아. 공부도 잘하구."

지원이가 방글방글 웃는다. 나는 갑자기 이상하게 전개된 사태가 황당했지만, 지원이의 방실거리는 웃음은 너무 예뻤다. 마법에 홀리듯 나는 지원이의 웃음에 매료되었다. 다른 이의 영혼을 몸에 실은 무당이 그 영혼이 시키는 대로 말을 하듯 내 입에선 이런 말이 나왔다.

"그래, 알았어. 내가 처리할게."

나는 말을 하는 내 입의 움직임을 느낄 수 없었다. 내 입에서 나와 내 귀에 들리는 목소리도 결코 내 것이 아니었다. 처음 듣는 듯한 낯선 목소리였다. 그러나 분명 그 말은 내 입에서 나오는 소리였다.

"내 가방에 넣어."

나는 내 가방에 있던 책을 꺼내, 책상 서랍 속에 넣고, 가방 주둥이를 쫙 벌렸다. 지원인 신발주머니의 수박을 잽싸게 옮겼다. 나는 재빨리 가방의 지퍼를 닫았다. 지원이가 해맑게 웃으며 내 어깨를 톡톡 쳤다.

"정말 정말 훌륭한 친구야, 다정이는."

"걱정 마. 잘 됐지 뭐. 내가 집에 가져가서 먹을게."

나는 술술 말했다. 집에 가져가서 먹을게, 라는 말을 하면서 나는 내 목소리를 되찾았다. 그건 분명 내 목소리였다. 아주 익숙했다. 나는 귀에 익은 내 목소리를 되찾자 마음이 편안해졌다.

'그래, 집에 가져가서 엄마랑 아빠랑 먹으면 되잖아. 뭐가 문제야.'

나는 그렇게 생각하자, 기분이 썩 유쾌해졌다. 지원이와 나는 가방을 메고 교실을 나섰다. 복도를 걸어가면서 지원이는 내 가방을 두 손

먹고 싶다, 수박

으로 살살 쓰다듬었다.

"오동통통 수~박, 아 머꼬 시포."

혀쫠배기 소리까지 해가면서 지원이는 자꾸만 만져댔다. 나는 사방을 둘러보면서 작은 소리로 주의를 줬다.

"그만 만져. 누가 본단 말이야."

"헤에, 보긴 누가 봐. 봐도 누가 알어. 이렇게 쏘옥 들어가 있는데, 가방 속에 말이야. 아, 맛있겠당."

지원이는 옆에서 걷다가 아예 내 뒤로 돌아가서 가방을 만지면서 걸어왔다. 나는 걸음을 딱 멈췄다. 계단을 다 내려와서, 음악실이 있는 별관으로 가는 길과 교문 쪽으로 가는 갈림길이 있는 화단 앞에 섰을 때였다. 이리 저리 다니는 아이들이 꽤 많은 곳이다.

"진짜 그만해. 들킨다구."

"들키긴 뭘."

정말 알 수 없는 일이었다. 평소 같으면 내가 한 두어 번 주의를 주면, 곧 하던 행위를 멈추는 게 보통인데 오늘 지원인 뜻밖이었다. 지나칠 정도로 수박에 집착하는 모습이었다. 자기가 저지른 일에 대한 죄책감이 컸는데, 그것이 잘 해결된 것에 대한 감정이 넘친 게 아닐까, 그런 생각이 들기는 했다.

"고마워서 그래?"

"뭐라고?"

지원인 내 말을 못 알아들었다. 나는 나만의 생각을 불쑥 말했으므로, 지원이에게는 뜬금없기는 하겠다는 생각이 들었다. 나는 피식 웃

24

으며 말을 수정했다.

"내가 수박 문제를 해결하니까, 고맙냐고."

"으응, 그렇지 뭐. 그래, 고맙다고 해야 되나? 너는 수박이 생겼는데, 나한테 안 고맙나? 이거 말이야."

지원인 또 가방을 건드렸다. 아주 수박의 선을 따라 두 손으로 동그라미를 그렸다. 둘이 그러고 섰을 때, 같은 반 친구인 민아가 다가왔다.

"너희들 뭐해? 다정이 가방에 뭐 있어? 먹는 거지?"

"아…… 아니."

내가 약간 말을 더듬었다. 얼굴에 조금 당황스러워하는 빛도 나타났으리라. 민아가 그걸 놓칠 리가 없다.

"이거, 수상한데. 뭐야? 과자야? 같이 먹자야. 친구 좋은 게 뭐니. 우린 같은 반에다, 합창도 같이 하잖아. 이게 보통 인연이야? 맛있는 건 같이 먹어야지. 가방 속에 꽁꽁 숨겨두고 혼자 먹을 거야? 그럼 배탈나. 안 그래? 지원아?"

어휴, 기집애. 뭐 이런 수다쟁이가 다 있나. 그 짧은 순간에 많이도 주워섬겼다. 민아가 자기 이름을 부르면서 의견을 묻자 지원인 피식 웃었다.

"그, 그래. 같이 먹어야지."

"맞지? 지원이 너도 그렇게 생각하지? 보자, 뭔가. 되게 궁금해."

민아는 물을 차고 날아오르는 제비보다도 빠른 속도로 내 가방의 지퍼를 열었다. 나는 눈을 뜬 채로 코를 베인다는 게 꼭 이런 심정이겠구나, 하는 생각이 들었다.

"엥? 이게 뭐야? 이거 진짜야, 모조품이야?"

"진짜야."

나는 얼른 가방을 벗어서 가슴에 안으며 지퍼를 닫았다. 민아가 가방을 뺏으러 대들며 물었다.

"그거 어디서 난 거야? 혹시, 조회대 옆에서 딴 거?"

가슴이 콕 찔렸다. 지원이도 똑같은 느낌이었나 보다. 입을 삐죽하며 나에게 두 손을 벌려 보였다. 말없이 선 지원이와 나를 번갈아 보며 민아가 말했다.

"맞구나. 헐, 대박! 야, 뭔 짓을 한 거니? 니들 클났다. 그거 교장쌤 수박이야."

"뭐?"

두 사람 입에서 놀란 소리가 터져 나왔다. 아마 이때 지원이와 내 눈의 크기는 황소 눈만 했을 것이다.

"몰랐어? 교장쌤이 지극정성으로 가꾼다고 소문이 짜하잖아. 그거 모르는 애들 없는데, 이상하네. 니들은 그걸 알고도 딴 거? 교장쌤한테 뭐, 저항할 거 있삼?"

교장쌤의 얼굴이 절로 떠오른다. 평소에도 눈꼬리가 위로 살짝 들려 있고, 눈꼬리를 따라서인지는 몰라도 입꼬리도 들려 있는 세모꼴 얼굴. 교장쌤의 별명은 늙은 여우였다. 눈빛 하나만으로도 전교생을 침묵시킬 수 있는, 그 카리스마. 지원이는 금세 울상이 되었다.

"어, 어떡하지?"

"뭘 어떡해. 빨리 돌려 놔야지."

민아가 시원시원하게 말했다. 무슨 말인지 감은 잡았으나, 나는 확인하기 위하여 다시 물었다.

"돌려 놓다니?"

"수박을 있던 데 갖다 놓으라고."

"딴 거를? 그건 양심을 속이는 일이잖아."

"허허 참. 지금 양심 따지게 생겼니? 교장쌤이 알면 너 감당할 수 있어?"

"……."

나는 선뜻 대답을 못했다. 지원이가 내 손을 잡아끌었다.

"다정아. 민아 말대로 하자. 얼른 수박 갖다 놓자. 갖다 놓고 집에 가게. 응?"

지원인 벌레 씹은 얼굴이 되어 있다. 조금 전 교실에서 나와 건물 계단을 내려올 때 즐거워하던 얼굴과는 전혀 딴판이다. 나는 망설여졌다. 이건 작은 잘못에 대한 징벌을 피하기 위하여 더 큰 잘못을 저지르는 게 틀림없다는 생각이 들었다. 강력 접착제가 땅과 내 발바닥을 붙여 놓은 느낌이 들었다. 지원이와 민아가 나를 잡아당겼지만 내 발은 떨어지지 않았다.

"지원아, 이건 아닌 거 같아."

"뭐가, 아냐. 빨리, 갖다 놓고 가자. 에이, 짜증난다, 정말. 망할 수박."

지원이 말이 거칠어졌다. 얼굴도 많이 일그러졌다.

"너 가기 싫으면 내가 할게. 가방 이리 줘. 어차피 내가 땄으니까, 내 꺼잖아."

지원이가 가방을 잡고 뺏으려 들었다. 나는 가방을 강하게 잡았다. 지원이보다는 내가 힘에 있어서 한 수 위다. 지원이는 힘이 약해 맘대로 되지 않자, 발을 구르며 식식거렸다. 눈에선 불꽃이 튀는 것 같았다.

"너 정말 왜 그래? 너만 양심적이야? 나는 도둑이구?"

지원인 말을 하다 보니까, 더욱 화가 나는 모양이었다. 마침내 우리가 친한 친구라는 것도 잊어버린 게 틀림없었다. 나에게 이런 말을 쏟아 놓고 뛰어가 버렸다.

"그래, 잘난 니가 알아서 해. 난 갈 거야."

정말, 진짜, 욱하기 대장, 지원이답다. 나는 달아나는 지원이 뒷모습을 보면서도 실감이 나지 않았다. 누가 보더라도 지원이는 저렇게 가 버려선 안 되는 거였다. 어째서 이런 비현실적인 일이 현실에서 일어나고 있는 것인지 알 수 없었다.

지원이와 내가 아옹다옹하는 걸, 안쓰럽게 바라보고 있던 민아도 슬금슬금 뒷걸음질을 치더니 돌아서서 별관 음악실로 가 버렸다. 마침내, 나는 우두커니 혼자 서 있게 되었다. 갑자기 가방이 너무나 무거웠다. 마치 가방 안에 바윗덩어리라도 들은 것 같았다. 가방을 들고 서 있기가 어려웠다. 나는 그대로 주저앉았다.

'이게 무슨 일이지. 도대체 오늘 무슨 일이 일어난 거야?'

나는 지퍼를 조금 열어서 수박을 내려다보았다. 수박은 가방 안에서 싱싱했다. 날은 더워 땀이 흐른다. 녹색 바탕에 검푸른 줄이 죽죽 그어진 그 수박을 바라보고 있자니, 입 속에 침이 고인다.

'이걸 어찌해야 하나?'

먹고 싶다, 수박

반을 뚝 갈라 랩을 씌워 냉장고에 넣어 뒀다가 먹거나, 고무 함지에 얼음덩이와 함께 통째로 넣어 뒀다가 큼직하게 쩍쩍 갈라 먹었으면. 혹시 또 아나. 요즘 사이가 그리 좋지 않은 엄마, 아빠에게 이 수박이 한 번 웃음을 줄지도 모른다. 저녁에 수박 파티를 벌이면서, '그게 학교 화단에 있었어? 웃긴다, 애.' 라는 엄마 말에, 유쾌한 한때가 될 수도 있다.

나는 수박을 바라보며 생각에 잠겼다. 쉽게 결단을 내리지 못하는 나의 우유부단한 성격이 밉다는 생각이 간절했다. 얼마나 지났을까, 고민의 늪에 푹 빠진 내 어깨를 건드리는 손이 있었다. 은비였다.

"여기 있을 거라고 해서……. 민아가."

"……."

나는 하마터면 눈물을 찔끔거릴 뻔했다.

"그거 어쩌려고?"

은비가 손가락으로 내 가방을 가리켰다. 정확하게 말하자면 수박을 가리킨 것이지만.

"글쎄, 어, 어쩌지?"

"있던 데 갖다 둬. 끌어안고 끙끙대지 말고."

역시 은비는 울트라 쿨녀다. 아니, 명쾌하다고 해야 하나. 나는 천천히 일어섰다. 그런 내 망설임을 은비는 두고 보지 않는다.

"합창쌤 아까 오셨어. 빨리 가야 돼."

은비가 내 손을 잡아끌었을 때, 내 발은 아주 쉽게 움직였다. 조회대 옆으로 가서, 수박을 제자리에 놓았다. 내가 가방에서 수박을 꺼낼 때,

은비가 옷을 좍 펴서 가려 주었다. 은비와 손을 잡고 음악실로 걸어가는 발걸음은 날아가는 것 같았다. 등에 맨 가방이 날개로 변한 것인지도 몰랐다.

은비가 내 손을 잡았을 때, 나는 모든 걸 다 잊어버렸다. 꼭지가 떨어진 수박을 마치 처음부터 따지 않았던 것처럼 제자리에 돌려놓는 것이 얼마나 기만적인 일인지도. 줄기에서 분리되어 물을 공급받지 못해 배배 뒤틀려 마르다가 썩어 갈 수박의 아픔 따위도. 그런 것들은 나의 양심을 건드리지 않았다. 다만 은비의 손이 따뜻했을 뿐이었다.

장주식

요즘은 남한강가를 걸어 다니면서 이것저것 생각하는데, 상류인데도 물이 맑지 않아 썩 유쾌하질 못합니다.
또 16세기 사람들 이야기에 마음이 많이 가서 그때 생산된 책들을 읽고 있답니다.
그동안 쓴 책으로는 동화 『토끼 청설모 까치』, 소설 『순간들』, 고전을 통해 세상을 읽어 본 『논어의 발견』 등이 있습니다.

먹고 싶다, 수박

읽고나서

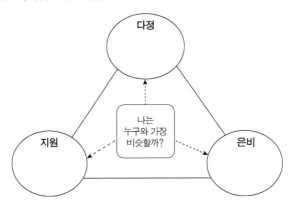

닮은 듯 다른 우리들

● **1. 여러분은 소설 속 여섯 명의 친구들 중 누구와 가장 비슷한가요? 또 주변의 친구들은 소설 속 누구와 비슷한지 말해 봅시다.**

```
              다정

    나는
  누구와 가장
   비슷할까?

  지원              은비
```

2. 다음은 이 소설의 한 장면입니다. 지원이의 갑작스런 행동에 대해 다정이는 어떻게 반응했나요? 또 만약 은비라면 어떻게 반응했을지 상상해 봅시다.

"너 정말 왜 그래? 너만 양심적이야? 나는 도둑이구?"
지원인 말을 하다 보니까, 더욱 화가 나는 모양이었다. 마침내 우리가 친한 친구라는 것도 잊어버린 게 틀림없었다. 나에게 이런 말을 쏟아 놓고 뛰어가버렸다.
"그래, 잘난 니가 알아서 해. 난 갈 거야."

• 다정이의 반응 :

• 은비의 반응 :

3. 소설의 결말에 대해 친구들과 이야기를 나누어 보았습니다. 미완성 문장을 완성해 보면서, 다양한 결말을 생각해 봅시다.

친구1 난 이 결말이 정말 맘에 들어. 주인공 다정이는 평소 은비의 딱 부러지는 성격을 내심 부러워했는데, 홀로 남겨진 상황에서 은비가 짜잔~ 하고 나타나 수박을 원래대로 두자고 하니 구원 투수가 나타난 격이 아니겠어? 나였어도 _____

친구2 난 생각이 좀 달라. 다정이가 좀 우유부단하긴 해도 잘못된 행동에 대한 판단이 분명하고 죄책감도 느끼는 아이라 은비를 보자마자 애써 지켜온 수박을 흐물흐물 그냥 되돌려 놓을 줄은 몰랐어. 솔직히 좀 김이 샐 정도였다니까. 다정이가 _____
_____ 했으면 더 좋았을 것 같아.

친구3 나중에 늙은 여우 교장 선생님께서 수박을 누가 따 놓은 것을 보고 범인을 잡아내려고 한다면 더 재미있을 것 같아. 그러면 각각 또 다른 반응이 나오겠지? 아마 지원이는 _____
_____

먹고 싶다, 수박

4. 또래 집단 사이에서는 함께 장난을 계획하거나, 서로 잘못을 덮어 주고 해결해 주며 더욱더 끈끈한 소속감이 형성됩니다. 하지만 옳지 못한 일도 함께 해야 할까요? 아래 학창시절을 회상하는 두 선배들의 이야기를 읽고 내가 같은 상황에 처한다면 어떻게 행동할지 생각해 봅시다.

"우리 오공주는 무얼 하든 같이 했어요. 우르르 몰려다니며 깔깔깔깔, 재잘재잘……. 하루는 다가오는 중간고사 시험공부를 다 같이 하지 말자고 했어요. 우리는 하나라는 일체감이 더 커지는 계기가 되었죠. 그래서 나는 약속을 지키느라 정말로 공부를 하나도 안 했고요. 그러던 중에 누구 한 명이 몰래 공부를 했는지, 성적이 잘 나온 친구가 있었어요. 정말 배신감을 느꼈지요……."

"친구들끼리 같은 반 친구 한 명을 왕따시키자고 했어요. 처음엔 재미도 있고, 같이 한다는 동질감과 소속감도 느껴졌지만 시간이 갈수록 이건 아니다 싶었어요. 특별한 이유도 없는데 괴롭히고 못살게 구는 게 잘못된 일이라는 생각이 들더라고요. 하지만 다 같이 시작한 일인데 혼자만 하지 말자고 할 수도 없었어요……."

5. 다정이는 지원이나 은비와 달리 자기 의견을 뚜렷이 내세우지 못하고 친구들이 하자는 대로 끌려다닙니다. 이런 것을 두고 '자기 주장성'이 부족하다고 하지요. 여러분의 자기 주장성은 어떠한지 다음 테스트를 통해 알아봅시다.

- 너무 바빠서 이야기할 짬이 없는데 친구가 전화를 해 이야기하자고 한다.
  - 친구의 자질구레한 이야기를 다 들어 주면서 초조해한다. (0점)
  - 친구에게 지금은 정말로 바빠서 이야기할 시간이 없다고 말한다. (1점)

- 버스 안에서 잡상인이 자신의 불쌍한 처지를 호소하며 볼펜을 사 달라고 부탁한다.
  - 별로 내키지 않아도 불쌍한 사람 물건을 사 주는 것은 당연하다고 생각하고 사 준다. (0점)
  - 내키지 않으면 사지 않는다. (1점)

- 별로 먹고 싶지 않은데 친구가 자꾸 떡볶이를 먹자고 한다.
  - 친구가 마음 상하지 않도록 함께 먹는다. (0점)
  - 고맙지만 배가 부르다고 말하며 거절한다. (1점)

- 친구를 도와줬는데 친구가 고맙다는 표시를 전혀 하지 않는다.
  - 속상해하고 친구의 배은망덕에 대해 다른 친구에게 불평한다. (0점)
  - '칭찬을 받으려고 한 일도 아닌데'라고 생각하며 친구를 나쁘게 바라보지 않는다. (1점)

- 휴일에 밖에 나갈 마음이 없어 집에서 쉬고 있는데 친구들이 나오라고 한다.
  - 결정을 못 내리고 쩔쩔매다 결국에는 나가고 만다. (0점)
  - "고맙지만 오늘은 쉴래."라고 말한다. (1점)

먹고 싶다, 수박

- 머리 모양이나 옷차림에 대해 이상하다는 소리를 들었다.
  - 창피해하며 친구에게 조언을 구해 다시 차려입는다. (0점)
  - 개성을 표현하여 가장 어울리게 입은 것이므로 신경 쓰지 않는다. (1점)

- 친구가 돈을 빌려 가 갚지 않는다.
  - 속이 쓰리지만 아무 말도 하지 못하고 기다린다. (0점)
  - 그 돈을 갚으라고 친구에게 단호하게 말한다. (1점)

> **0~2점** 자기 주장성이 약한 편이군요! 혹시 자신의 뜻과 달리
> 주변 사람들에게 휩쓸려 다녀 피곤하지는 않은가요?
> **3~5점** 자기 주장성이 원만한 편이군요! 이 점수대로 일상에
> 서도 균형을 잘 잡아 원만한 관계를 유지하길 바라요.
> **6~7점** 자기 주장성이 강한 편이군요! 그런데 혹시 주변 친구
> 들을 너무 휘두르고 있는 건 아닐까요?

**6. 다음 글을 읽고 친구들과 갈등이 생겼을 때 인간관계를 잘 맺기 위해 아래의 방법을
실제로 적용해 봅시다.**

의견이 서로 다르다는 사실을 기꺼이 환영하라. "두 사람의 의견이 항상 일
치한다면 두 사람 중 한 사람은 불필요한 인물이다."라는 말을 기억하라. 상

대방 덕분에 당신이 그 문제에 관심을 갖고 심각한 실수를 저지르기 전에 바로잡을 기회를 갖게 되었을지도 모른다.

감정을 조절하라. 무엇이 어떤 사람을 화나게 하는지를 보면 그 사람의 본모습을 파악할 수 있다는 점을 기억하라.

먼저 귀를 기울여라. 상대방이 말할 기회를 주어라. 상대방이 그 말을 끝낼 수 있도록 하라. 방해하거나 말을 가로막거나 논쟁하지 말라. 이런 일은 장애물만 생겨나게 할 뿐이다. 이해의 다리를 만들도록 노력하라. 오해라는 더 높은 장벽을 만들지 말라. 의견의 일치를 이루는 부분을 찾아라. 상대방의 말을 다 들어본 다음 그 사람에게 동의할 수 있는 부분들을 생각하라.

실수를 인정하라. 실수에 대해서 사과하라. 그러면 상대방은 마음을 누그러뜨리고 싸우려는 태도를 늦추게 될 것이다.

문제를 철저하게 생각할 수 있는 시간을 갖고 몇 가지 어려운 질문을 스스로에게 던져 보라.

상대방이 옳을까? 상대방의 생각이 부분적으로라도 옳을까? 상대방의 입장이나 주장에 진실이나 장점이 담겨 있을까? 내 행동이 문제해결에 도움이 될까? 아니면 화를 내고 분풀이하는 것에 지나지 않을까? 내가 취한 태도로 인해서 상대방과 더 멀어질까, 아니면 더 가까워질까? 내가 잠자코 있으면 서로 간의 의견 대립이 잠잠해질까? 이 어려운 상황이 나에게 어떤 기회가 될 수 있을까?

데일 카네기, 『인간관계론』 중에서

먹고 싶다. 수박

3월의 법칙

((**

//

- 이문영

·· 읽기 전에

여러분의 기억 속에서 '3월' 하면 어떤 단어가 떠오를까요? 봄, 입학식, 새 교복, 새 학교, 새 친구……. 대부분은 3월에 설렘과 낯설음이 공존하고 있던 기억이 떠오를 거예요. 낯선 사람들 앞에서 자기를 소개하고 또 자기와 마음을 나눌 친구들을 만들어 가는 과정이 쉽지만은 않을 겁니다.

여기 여러분들처럼 새로운 친구를 만드느라 고민하고 좌절하는 혜정이가 있습니다. 더구나 혜정이네 학교에는 3월 안에 친구를 만들지 못하면 흡혈귀가 된다는 소문까지 있다고 합니다. 친구를 만들기 위해 안달하는 혜정이의 모습은 안쓰럽기까지 합니다. 가까워지기 위해, 또 멀어지지 않기 위해 늘 눈치보고 노심초사하는 관계가 바로 친구 관계입니다. 하지만 우리에게 가장 많은 즐거움과 기쁨을 주는 관계도 친구 관계이지요. 혜정이는 친구 만들기에 성공했을까요? 소설을 읽으며 관계 맺기의 어려움에 대해 생각해 봅시다.

3월의 법칙

◇◇◇

1.

3·1절은 이제부터 학교라는 지옥문에 들어가는 학생들을 위한 한 방울의 자비일 것이다. 20세기 초 식민지 조선에서 벌어진, 푸른 하늘 그리다가 숨이 진 애국 투사 언니는 음악 시간에만 잠깐 존재했다. 사실 봄 방학 끝에 숫자만 달라진 채 살짝 붙어 있는 요크셔테리어 꼬리 같은 3·1절은 3월을 알리기에 부적절하다.

진짜 3월은 교실에서 시작한다.

2.

"안녕!"

최대한 발랄하게 인사를 날렸는데 선예는 슬쩍 눈인사만 보낸다. 같은 중학교 출신으로 한 반이 된 두 명 중에 그나마 안면이 있는 축이다. 선예 옆에 앉아 있는 아이들은 선예와 한 패거리인 모양이다. 둘인가, 아니 셋인가? 우리 중학교 출신은 아니니까 아마도 초등학교 시절부터 아는 친구들인 모양이다. 저렇게 눈인사만 보내는 것은 그냥 체면치레만 하겠다는 의미다. 같은 패거리로 끼어들 생각은 하지 마라, 라는 뜻이다. 그래, 아직 날은 창창하고 아이들은 많다. 나라고 해서 굳이 네가 필요한 건 아니란다.

아무것도 아닌 척하면서 반을 한 번 둘러보기 위해 머리를 쓸어올리는 시늉을 해 본다.

"아얏!"

신경 딴 데 쓰다가 새끼손가락으로 눈을 찌르고 말았다. 우앙, 쪽팔려! 모두 나를 쳐다보는데 누구 하나 걱정해주는 인간이 없다. 선예는 킥킥 웃기까지 했다. 아주 첫인상부터 제대로 구겼다.

그나마 다행인 건 아직 자리가 반절이나 비어 있다는 것? 아침 자습 시간까지 15분이나 남았다. 눈 찔린 김에 얼굴을 덮은 손가락 사이로 교실을 스캔한다. 얼굴만 아는 정도인 다른 동창은 아직 보이지 않는다. 어떤 아인지 모른다는 건 다른 아이들과 마찬가지지만, 그렇다고 해도 같은 학교 출신이니까 말 붙이기는 쉬울 것이다. 짜증나는 스타일이 아니었으면 좋겠다.

동창이 보이지 않았으니 어디에 앉을지 궁리를 좀 해야 했다. 이미 친한 티를 내는 아이들 옆에 앉아서 슬쩍 끼어들 것인지, 아니면 아직 방향을 잡지 못한 아이들 사이에 앉아서 내 편을 만들 것인지 결정을 내릴 때였다. 아무래도 벌써 자리를 잡은 아이들 사이에서 끼어들기는 쉽지 않을 것 같다. 나는 옆자리가 빈 책상에 가방을 올렸다. 동창이 들어오다가 내 얼굴쯤은 기억하고 옆자리에 앉아주면 좋겠다. 싸구려 음식점에서 왕왕 보이는 조야한 글귀처럼, 내 시작은 미약했으나 그 끝은 창대할 터이니.

아직 이름을 모르는 동창은 십여 분 뒤에서야, 이제는 맨 앞자리 말고는 거의 빈자리가 남지 않았을 때서야 느릿느릿한 모습으로 나타났

3월의 법칙

다. 눈살이 찌푸려지는 복장이다. 당장 눈에 들어오는 무릎을 덮는 촌스러운 치마. 거기에 손등까지 내려온 소매 단.

"설날에 한복 대신 입어도 되겠군."

너무 한심한 복장이라 나도 모르게 비웃는 말이 입에서 튀어나가 버렸다. 작게 중얼거렸다고 생각했는데, 주제에 귀는 밝은지 얼굴색이 싹 변하면서 나를 째려보고 지나갔다. 동창이고 나발이고 이제 저것하고 친하게 지내긴 틀렸다. 하지만 그런 범생이 복장으로 누구랑 친구는 하겠니, 라고 생각한 순간,

"영미야, 여기."

한 아이가 손을 들며 범생이 동창을 불렀다. 영미도 히죽 웃으며 손을 들었다.

"주연아!"

쪼르르 달려가 그 아이 옆자리에 털썩 앉아 버렸다. 주연이라 불린 아이는 재빨리 자기 패거리들을 영미에게 소개해 주었다. 망했다. 이제 저 그룹에 끼어드는 건 다 틀렸다. 슬슬 자리가 차고 있었기 때문에 지금이라도 다른 아이 옆자리로 옮겨야 할까 고민이 되기 시작했다. 더 늦기 전에 움직이는 게 차라리 낫겠다 싶어 가방을 잡으려는데, 옆 책상 위에 털퍽 소리를 내며 책가방이 올라왔다.

"어……."

고개를 돌리는데, 채 얼굴도 보기 전에 창백한 하얀 얼굴의 아이는 책가방에 고개를 묻어 버린다. 아주 책가방 속으로 뛰어 들어갈 모양이다. 재수 없다. 이렇게 사교성 빵점인 아이는 친구로 삼아 봐야 아무

소용이 없다. 둘이 붙어 다니는 아이들이 없는 건 아니지만, 그건 둘이 서로 죽고 못 사는 '베프'일 때나 그런 거다. 이 따위로 사교성 없는 아이는 다른 아이가 그룹에 들어오는 것을 방해하는 훼방꾼 노릇밖에 못한다. 하필이면 이런 아이가 내 옆에 앉을 건 뭐람! 완전 짜증이 나서 자리를 옮기려고 몸을 일으켰다. 그런데, 오 마이 갓! 이젠 정말 맨 앞자리, 교탁과 딱 붙은 곳들 말고는 자리가 없다. 저기에 가 앉느니, 그냥 여기 있는 게 낫겠다. 오늘만 날이냐, 3월은 이제 시작이다.

3.

첫날도 중요하지만 사실은 둘째 날이 더 중요하다. 향후 1년간 앉을 자리가 정해지기 때문이다. 번호순으로 앉게 하는 폭력적인 반도 가끔 있지만(그러면 나는 왼쪽 제일 앞자리에 앉게 된다. 지긋지긋하다), 대개는 제비뽑기 같은 식으로 하게 마련이다. 이때 짝꿍을 통해서 적절히 친구 그룹 안에 들어갈 수도 있다. 사실 가장 일반적인 방법이다.

그런데 이건 뭐지? 29번이라니!

뽑은 번호가 영 꾸리꾸리하다. 나눠지지 않는 이런 숫자는 아주 마음에 들지 않는다. 자리는 복도 쪽. 어디나 마찬가지지만 그래도 창가보다는 낫다고 위안을 해본다. 3월은 아직도 춥고, 학교라는 동네는 창가로 찬바람이 숭숭 들어오는 곳이니까.

그런데 이건 또 뭐야? 30번 뽑은 애가 허구많은 애들 중에 하필이면 영미다. 내 얼굴이 확 구겨지는 것 같은데, 영미 얼굴도 에누리 하나 없이 팍삭 구겨진다. 옷차림만 범생이지, 실제로는 순 깡패 계집애다.

영미는 45도로 몸을 돌려서 내 쪽은 아예 보지도 않고 있다. 허허, 참, 그러면 누가 겁낼 줄 알고? 나는 영미의 가르마를 따라 머리카락을 휘어잡아 볼까 하는 충동에 손가락이 근질근질했다. 하지만 관두기로 했다. 어찌나 꼼꼼히 땋았는지 삐져나온 털 오라기 하나 찾을 수가 없었다. 머리 땋는 데만 열두 시간은 걸릴 것 같았다.

자리가 완전 확정된 것은 아니다. 아직 기회는 있다. 언제 그 기회를 쓸까 고민하는데, 영미가 번쩍 손을 들어올렸다.

"선생님, 잘 안 보여서 그러는데, 자리 좀 바꿔주세요."

둔하게 생겨가지고 이럴 때는 재빠르다. 그만큼 내가 싫다 이거지? 넌 이제 학교 다니는 데 애로 생활 꽃폈다. 어디 얼마나 잘 다닐지 두고 보자고.

엎친 데 덮친 격이라고 영미가 자리를 바꾸는 것보다 더 지랄 같은 일이 생겼다. 첫날 옆자리에서 가방에 얼굴 파묻은 '사교성 빵점'이 다시 짝꿍이 된 거다. 어이, 하느님, 이거 너무하잖아! 이런 천생연분은 필요 없다고!

담임이 자리는 괜찮으냐고 묻자 '사교성 빵점'은 "햇빛만 안 들면 괜찮다."고 중얼거렸다. 나한테도 간신히 들렸으니 담임한테 들리기나 했는지 모르겠다. 담임은 두 번 묻지 않았다. 짝꿍은 글렀지만 그렇다고 세상이 끝나는 건 아니다. 교실에는 옆자리 말고 앞뒤 자리도 있는 법.

하지만 이번에도 하늘이 내 편이 아닌 모양이다. 앞의 두 애는 분명히 단짝들이다. 번호표를 그렇게 뽑을 리가 없는데, 서로서로 바꿔서 앉은 모양이다. 저런 '베프'가 앞에 버티고 있으면 깝깝한 거다. 파고들어 가기가 쉽지 않다.

뒷자리 애들은 처음 보는 아이들이다. 여기부터 공략해 보아야겠다. 그뿐이 아니다. 아직 한 패가 될 아이들은 많이 있다. 가만 보니까 중학교 동창은 둘밖에 되지 않지만 초등학교 때 봤던 아이들도 넷이나 있었다. 그중에 하나는 어린이집도 같이 다녔다. 유치원 학예회 준비 때 하도 못나게 굴어서 한 대 때려 준 뒤론 말도 하지 않고 지내긴 했지만, 못 본 시간이 기니까 그런 건 잊어 버렸겠지. 사실 나 정도 되는 아이가 그리 흔한 건 아니다. 내 자랑 같지만 공부도 잘하고 사교성도 괜찮다. 화장실에 따라가 오줌 누는 소리를 같이 들어도 될 만한 아이라는 이야기다.

자리 배치가 끝나고 1교시가 끝나자 뒷자리 아이들도 파고들 틈이 만만치 않다는 것을 알았다. 쪼르르 동패들이 달려와 내 뒷자리 아이 곁에 선 것이다. 그때 '사교성 빵점'이 뒷자리 아이를 불렀다.

"종애야!"

정말 눈치도 코치도 없는 아이다. 자기네 짝패와 이야기하고 있는 아이를 말 중간에 서슴없이 부른다.

"왜?"

종애의 목소리에는 살짝 짜증이 끼어 있다. 당연하다. 저렇게 무례하게 남들 이야기 사이를 치고 들어가면 그저 불청객이 될 뿐이다.

"니 거울 좀 치워."

종애 책상 위에는 손거울이 하나 놓여 있었다. 이건 싸우자는 건가?

나름 흥미로워져서 지켜보는데, 종애가 거울을 탁 소리 나게 닫아 버린다.

"됐지?"

'사교성 빵점'은 대답도 없이 다시 책상에 엎어진다. 이게 대체 무슨 시추에이션인지 알 수가 없다. 아무튼 사귀자는 이야기는 아니겠다. 저 따위로 해서는 백 년 가도 소용없다. 불쌍한 것, 내가 어떻게 세련되게 이야기하는지 좀 보고 배우려무나.

일단 유치원 동창인 혜련이 근처로 이동. 혜련이 친구들이 하는 이야기를 듣는 듯, 안 듣는 듯 애매한 위치에서 얼쩡거린다. 잠시 들어보니 어제 케이블에서 해준 영화 이야기를 하고 있다. 다행히 몇 달 전에 영화관에서 본 영화다.

"그런데 난 거기서 왜 그랬는지 도무지 이해가 안 가더라."

혜련이 친구들이 나도, 나도 하면서 동의를 표했다. 바로 이런 대목이 끼어들기 좋은 대목이다.

"〈안녕, 흡혈귀〉 이야기지? 그거 진짜 말도 안 되는 장면이었어."

상대의 이야기에 동의를 표하며 처음부터 그 자리에 있었던 것처럼 슬그머니 이야기에 끼어드는 거다.

혜련이가 내 쪽으로 눈길을 보내는가 싶더니 바로 얼굴을 홱 돌린다. 어라? 이건 무슨 시추에이션? 북채로 머리통 때린 거 아직도 기억하고 저러는 거야? 유치하게? 아니면 혹시 날 잊어버린 건가? 아니지, 암만 그래도 유치원, 초등학교 동창인데 그럴 리야 있겠어? 그래도 처음엔 오랜만에 만난 티를 확 내는 인사부터 했어야 하나?

아무튼 한 번으로 포기하면 안 된다. 세상에 공짜는 없는 법. 기회가 닿을 때마다 호의를 표시하는 게 중요하다.

그런데 왜 내가 호의를 표시해야 하지? 마땅히 저것들이 나한테 표시해야 되는 거 아냐? 아우, 짜증 나!

4.

점심시간. 급식실로 이동해야 한다. 한 패가 있는 애들이 얼른 얼굴을 확인하고 재빨리 일어난다. 나는 뭔가 챙겨야 할 게 남은 것처럼 책상에 앉아서 책과 노트를 만지작거린다. 누가 얼른 내 이름을 좀 불러주면 좋겠다.

슬그머니 초등학교 동창들은 뭘 하고 있나 살펴본다. 하나, 다른 아이들과 같이 나가고 있다. 둘, 자리에서 일어나 다른 아이들을 부르고 있다. 셋, 다른 아이들이 찾아왔다. 넷, 벌써 나간 모양이다. 보이지 않는다.

빨리 결정해야 한다. 따라붙으려면 아직 안 나간 아이들 옆에 붙어야 한다. 하지만 오래 쳐다보다가 눈이라도 마주칠까 봐 망설이다가 다시 고개를 들어보니, 두 번째는 나가 버린 뒤였다. 세 번째 패거리는 도시락을 싸 왔다. 다들 도시락을 싸 올 정도라면 저 패거리에 끼기는 다 틀렸다. 더구나 쟤들이 교실에 남아 있을 모양이니 어서 나가야 했다.

'사교성 빵점'은 점심을 안 먹을 작정인지, 도시락을 싸 온 건지 그냥 자리에 엎어져 있다. 어찌나 잘도 꾸부리고 있는지 허리에 척추가 안 들어 있는 것처럼 보였다. 수업 시간에도 반쯤 허물어진 자세로 책

3월의 법칙

상에 기대어 있었다. 조는지 자는지 알 수가 없다.

"……싸가 다비야."

나가려는 참에 엎드려 있던 아이가 뭔가 중얼거렸다. 나한테 한 이야긴가? 알 게 뭐야? 그냥 무시하고 급식실로 갔다. 밥을 푸고 반찬을 받고 어디에 앉을 것인지 주위를 둘러보았다.

"혜정아!"

다행히 나를 부르는 소리가 있었다. 반가운 마음에 고개를 돌렸다. 중학교 동창인 숙진이라는 아인데, 우리 반이 아니다. 자리에 혼자 앉아 있는 폼이 이 아이도 아직 짝을 못 만든 모양이다. 이건 나름대로 좋은 기회일지도 모른다.

나는 숙진이에게 살짝 눈인사만 하고 도도한 자태로 지나쳐서 종애 옆에 갔다. 별다른 이유가 있었던 것은 아니고, 마침 눈에 띄는 우리 반 아이 중 옆자리가 비어 있는 건 종애밖에 없었던 때문이다.

"여기 자리 있니?"

세련된 질문이다. 여기 앉아도 되니, 하고 묻는다면 허가를 구하는 것이 되어서 바로 약자가 되어 버린다. 친구가 되려는데 허락을 구하는 태도를 취하는 건 절대 안 된다.

"없어."

난 식판을 내려놓았다. 내 이름은 몰라도 훌륭한 짝꿍 덕분에 내 얼굴 정도는 알고 있을 거다.

"정말 짱나지 않냐?"

나는 대뜸 말을 걸었다. 이렇게 직접적으로 치고 들어가는 건 별로 좋지 않지만, 마침 아무도 이야기하고 있지 않았으니 상관없었다.

"내 짝 말이야. 좀 아는 것 같던데?"

종애가 힐끔 나를 쳐다보았다. 관심이 땡기는 주제를 잡은 것 같다.

"무슨 애가 하루 종일 엎어져 있는지 몰라. 걔 이름도 모르겠더라."

"우린 네 이름도 모르는데?"

"난 강혜정. 명색이 우리 반 1번인데……."

어디 1번이기만 하냐? 내가 니 앞자리에 앉아 있는 몸이시다. 그런데 내 이름도 모른단 말이야? 더구나 자기 이름도 이야기해 주지 않는다. 난 종애 옆에 앉아 있는 아이에게 말을 걸었다.

"넌 은혜지? 한은혜."

은혜는 뚱한 표정으로 종애를 본다. 종애 표정은 내 자리에선 안 보인다. 은혜가 피식 웃는 걸로 보아 어떤 표정인지는 뻔히 짐작이 간다. 아, 젠장.

"쟤도 흡혈귀냐? 얼굴이 허연 게 그 짝이다."

여기도 〈안녕, 흡혈귀〉 이야기인가? 그 영화 대박 흥했네그려. 하지만 더 이상 말들이 없다. 끼어들 틈이 보이질 않는다. 영화 이야기를 어떻게 꺼내 볼까 궁리하는데, 밥을 나보다 조금 빨리 먹은 종애는 일어나다가 한마디했다.

"걔 완전 싸이코거든. 잘 해 보셔."

은혜가 킥 하고 웃음을 참았다. 그러니까 '사교성 빵점' 싸이코와 잘 해 보라는 이야기? 아주 쌍으로 재수 없네.

내일은 좀 큰 그룹에 들어가 봐야겠다. 이러다가 유랑 집시처럼 떠

3월의 법칙

돌게 될 판이다.

5.

종례가 끝났다. 집에 갈 시간. 아이들이 우르르 나가는데, 안타깝게
도 이번에도 나는 챙겨야 할 것이 잔뜩 있는 사람처럼 이것저것 주무
르고 있었다. 그리고 내 옆자리의 '사교성 빵점'은 여전히 엎어진 채
있었다. 마치 여기가 집인 것처럼.

이런 게 옆에 껌처럼 붙어 있으니 친구가 생길 리가 없지. 더 있어
봐야 아무 소용도 없다. 가방을 집어 올리는데 또 뭐라 뭐라 중얼거린
다. 할 말이 있으면 똑바로 하란 말이야, 이 싸이코야!

몇 걸음 떼다가 짜증이 나서 제자리에 섰다.

"너 뭐라고 한 거야?"

대답이 없다.

나는 책상으로 돌아갔다.

"너 말이야, 너."

'사교성 빵점'이 지구를 들기라도 하는 것처럼 고개를 세우다가 다
시 책상에 처박고 말았다.

"너……. 이름이 뭐냐?"

그래, 나라도 예의를 차려야지.

"희정, 오희정."

이름이 비슷해서 잘 어울린다고 한 건가?

"그래, 오희정. 아까부터 뭐라고 지껄이고 있는 거야?"

52

"학교생활은……, 아싸가 답이라고."

"아싸? 아웃싸이더?"

"그래. 어차피 인생은 혼자 사는 거야. 왜 무리를 지으려고 하니? 인간이 하등 동물이야?"

"하등 동물?"

"하등 동물일수록 무리 생활을 하는 거야. 호랑이나 곰 같은 포식자들은 혼자 다닌다고."

안 그런 맹수들도 있는 것 같았지만 기억이 나지 않았다. 그까짓 거야 중요하지 않다.

"그런 말은 알아? 인간은 사회적 동물이라는 말……."

희정이 야릇하게 웃었다. 희정의 표정에 알 수 없는 섬쩍한 기운이 흘렀다. 공연히 으슬으슬한 기분이 되었다.

"알지. 그것도 모를까 봐? 넌 그 말이 기원전 4세기에 나온 거의 이천오백 년이나 된 구닥다리 말이라는 건 알고 있어?"

나는 쿨한 척 허세를 담아서 받아쳤다.

"진리는 세월이 흐른다고 변하는 게 아니라는 것도 알고 있지."

"그럴 리가 있니? 아리스토텔레스는 노예는 말하는 가축이라고도 했지. 한 사람이 한 말이 사실과 거짓으로 나누어진다면 어디까지 그 사람 말을 믿어야 할까?"

아, 정말 재수 없는 타입이다. 쥐꼬리만큼 아는 걸 가지고 사람을 완전 무시하는 이런 아이는 질색이다.

"너 참 똑똑하구나. 똑똑해서 혼자 살아도 되겠다. 난 안 그러니까

이만 물러가마. 혼자 반 애들 다 왕따 놓으면서 잘 살아 보려무나."

"이제 본색이 드러나시는구만. 인간은 왜 이렇게 궁지에 빠져야만 자기 본색을 드러내는지 몰라."

희정의 말투는 빠르고 날카롭게 빈정대는 걸로 돌변했다. 등줄기에 소름이 쫙 끼쳤다.

"너 뭐야?"

난 교실 문 쪽으로 물러나면서 말했다.

"그거 알아? 우리 학교에는 3월의 법칙이라는 게 있다는 거."

"3월의……, 법칙?"

"3월 안에 친구를 만들지 못하면 흡혈귀를 만난다는 법칙이야."

햇빛만 없으면 괜찮다고 했던가. 나도 모르게 창 쪽을 바라보았다. 아직 해가 질 때가 아니다. 조금 안심이 되는 것과 동시에 어이도 없어졌다.

"3, 3월은 아직 한참 남았어! 이제 3일이라고!"

나는 교실 문 쪽으로 뒷걸음쳤다. 어쩐지 뒷모습을 보이면 안 될 것 같았다.

"잘 해 봐."

희정은 마치 저주라도 거는 것처럼 말했다. 뭔가 입술을 달싹이긴 하는데 소리는 더 이상 들리지 않았다. 주문이라도 외우고 있는 것 같았다.

다음날 나는 전날 생각했던 것처럼 여섯 명이나 되는 대그룹에 끼어들었다. 대개 이렇게 큰 그룹의 리더는 리더십을 자랑하고 싶어하는 왕 잘난 척쟁이일 때가 많다. 적당히 비위만 맞춰 주면 자기 수하로 생각하고 거둬 준다. 베프를 만들기는 쉽지 않지만 그래도 혼자 남아 언제 왕따가 될지 모르는 위험한 상황에 놓이는 것보다야 백번 낫다.

나는 조용히 그룹의 말단에 머물기로 했다. 섣불리 튀면 리더에게 경계심을 주고 만다. 그러면 바로 추방될 수도 있다. 그건 더 위험하다. 이렇게 큰 그룹의 미움을 사면 정말 친구 만들기가 어려워진다.

"흡혈귀 짝꿍."

누굴 부르는 소린지 알아듣지 못했다. 리더 은현이 날 빤히 보고 있었다.

"귀 먹었니?"

은현이가 나긋나긋한 목소리로 말했다. 흡혈귀 짝꿍이라고? 그러니까 희정이 별명이 흡혈귀였던 건가?

"으응, 나?"

"그래, 너."

순간, 은현이가 내 이름을 모르는 건 아닐까 의심이 들었다. 설마 그럴 리야 없겠지만.

"나, 궁금한 게 하나 있는데, 네가 좀 풀어줄 수 있을까?"

"그, 그럼. 당연하지. 뭔데?"

어쩌면 이 그룹 안에서 조금은 더 이너써클로 들어갈 수 있을지도 모른다는 희망이 생겨서 나는 얼른 대답했다. 빨리 말하려다가 말을 더듬는 바보짓을 하긴 했지만.

"네 짝꿍이 진짜 흡혈귄지 댑따 궁금하거든. 그거 좀 알아 와 봐라."

"하하, 하하."

나는 김빠진 콜라 같은 웃음을 뱉었다. 이런 말에 대체 어떤 반응을 보여야 하나?

"그런 게 어딨어. 흡혈귀 같은 건 만화에나 나오는 거잖아."

은현이 단짝인 지희가 피식 웃으며 말했다.

"영화에도 나오잖아. 어디 만화에만 나오냐?"

척추를 타고 전기가 찌르르 흘렀다. 이거 뭔가 좋지 않다.

"어떻게 하라는 이야기야?"

은현이가 여전히 나긋나긋한 목소리로 말했다.

"흡혈귀인지 알아보는 건 송곳니만 확인하면 되잖아? 입을 한번 벌려 보면 알겠네."

"지금 나보고 희정이 입을 벌려 보라는 거야?"

어이가 없었다.

"싫으면 말고."

은현이의 말투는 전혀 변하지 않았다. 그게 싫으면 자기네 그룹에서 나가라는 말을 이렇게 쉽게 할 줄 정말 몰랐다. 저절로 주먹에 힘이 들어갔다. 그래도 벌써 며칠을 같이 지냈는데 이제 와서 이렇게 나오다니. 손톱 끝이 손바닥 안을 파고들었다.

은현이의 눈길이 옆으로 돌았다. 오늘도 변함없이 바람 빠진 스카이 댄서처럼 자리에 자빠져 있는 희정이를 보고 있는 거다.

나는 잘 떨어지지 않는 다리를 억지로 밀며 내 자리로 돌아왔다. 어째야 하나, 정말 입을 벌려서 송곳니를 확인해야 하나? 그런 바보짓을

하면서 이 그룹에 끼어 있어야 하나?

내 등에 열두 개의 눈동자가 박혀 있는 것을 느꼈다. 심장에서 피를 보내지 않고 짜증을 보내고 있는 것 같다. 짜증이 뇌를 콕콕 찌르고 있었다. 나는 관자놀이를 누르려고 팔을 올렸다.

"소용없을 텐데."

그 순간 희정이가 고개를 드는 바람에 심장이 멎을 뻔했다. 희정이는 내 얼굴을 보며 히죽 웃었다. 네가 하려는 짓 다 알고 있다는 표정이었다. 하지만 짜증과 내 핏기까지 심장으로 역류하게 한 것은 희정이의 송곳니였다. 유달리 하얗게 보이는 그 송곳니는 보통 사람의 것이 아니었다. 길다랗고 날카로웠다.

"뭐, 뭐야!"

희정이는 검지를 세워 자기 입술에 대었다. 조용히 하라는 것. 조용히 하지 않으면 가만두지 않겠다는 뜻이었다. 나는 얼어붙고 말았다. 등에 붙어 있는 열두 개의 눈동자보다 희정이의 입술이, 아니 그 입술 속의 송곳니가 더 무서웠다.

6.

은현이의 '부탁'은 들어줄 수 없었다. 나는 확인해 줄 수 없었고, 자연히 은현이 그룹에서 밀려나고 말았다. 그리고 더 이상 아무도 나와 밥을 먹으려 하지 않았다. 은현이는 딱 한 번 내게 말을 건넸다.

"이름도 비슷하고 얼굴도 허연 것들끼리 잘 해 봐라."

여전히 재수 없는 그 나긋나긋한 말투였다. 하지만 희정이와 잘 해

볼 도리 같은 게 있을 리 없었다. 희정이가 내 옆자리에 앉는 것만 해도 죽을 것 같았다. 나는 희정이가 그나마 점심 먹으러 내려오지 않는 것을 다행으로 여기며 다른 반 친구인 숙진이네 끼어서 식사를 했다. 우리 반 아이들은 은현이 미움을 사 버린 나와는 말도 잘 하려 하지 않았다.

3월의 마지막 날. 같이 돌아갈 친구가 없어 혼자 교실에 남은 나는 너무 속상해서 엉엉 울었다.

"다 울었니?"

심장이 떨어지는 줄 알았다. 희정이가 창문 밖에서 얼굴을 들이밀었다.

"뭐야?"

희정이는 가볍게 몸을 들어 올려 창문을 넘어왔다. 뱀 같았다.

"오늘이잖아."

"뭐가?"

"3월의 마지막 날."

희정이가 소리없이 입술을 벌리지도 않은 채 웃었다.

"3월의 법칙, 잊어먹었어?"

나는 주춤주춤 희정이를 피해 움직였다. 우리는 반 바퀴를 돌았고 나는 등 뒤로 손을 돌려 교실 문 손잡이를 잡고 밀었다. 문이 열리지 않는다!

"이젠 늦었어."

"오, 오지 마!"

냉정하게 생각하자. 냉정하게. 흡혈귀 같은 게 있을 리가 없다. 그런 엉뚱한 이야기를 믿어서는 안 된다. 그런데 이 문은 왜 안 열리는 거지?

"왜? 내가 겁나니? 너무 겁내지 마. 네 더러운 피를 마실 만큼 목이 마르진 않으니까."

"그, 그딴 이야길 믿을 줄 알아?"

희정이는 그렇게 말할 줄 알았다는 표정을 짓고 있었다.

"그런데 왜 그렇게 덜덜 떨지? 너 지금 존나 떨지? 너, 오줌이라도 쌀 거 같다?"

오줌 소리를 같이 듣는 동무는 '베프'뿐이라는 생각이 들었다.

"왜, 왜 이래? 내가 뭘 어쨌다고?"

"아무것도 안 했지. 아무것도 안 한 게 문제야. 너는 그걸 알아야 해. 우리 사회에서는 말이야, 아무것도 안 하는 사람을 '루저'라고 불러."

"난 아냐! 저리 꺼져!"

희정이가 가까이 다가왔다.

"학교는 사회의 축소판이라는 거 여태 모르니? 루저를 괴롭히는 건 승자의 권리야. 승자가 되어서 루저를 괴롭힐 수도 없다면 뭣 때문에 승자가 되어야 하지?"

"넌 승자가 아니야…… 넌 아싸라면서……."

"네가 말했잖아. 인간은 사회적 동물이야. 나도 인간이니까 사회적 동물이고, 사회적 동물이니까 승자가 되고 싶겠네. 그리고 지금 내 앞엔 루저가 하나 있고. 야, 싱난다!"

하나도 신나지 않는 목소리였다.

"권력을 잡기 위해 사람들은 오랜 세월을 참고 지내지. 나도 그랬어. 억울한 일도 존나 많아. 괴로워도 참는 수밖에 없지. 약자니까! 나도 그랬다니까. 그리고 권력을 잡으면 약자를 괴롭히는 존재로 변신하게 된다고. 학생 운동을 했던 정치인, 고시방에서 금욕 생활을 하던 판검사, 도서관에서 취업 공부만 파던 언론인이 다 그렇지."

그러니까 이제 루저인 내 앞에서 승자의 권리를 취하겠다는 거야? 하지만 그런 질문을 던질 배짱도 내겐 남아있지 않았다. 나는 울먹이며 간신히 이렇게 말했다.

"다, 다 그렇진 않아……."

"그래, 다 그렇진 않겠지."

"나, 난 아무 것도 안 한 게 아니야. 난 널 괴롭히라고 한 명령에 따르지 않았다고. 난 널 지킨 거야."

"웃기지 마. 그냥 내가 무서워서 아무 것도 안 한 거잖아."

희정이는 입을 가리며 웃었다. 송곳니를 감추려는 짓 같아서 그게 더 무서웠다. 아부 차원에서 따라 웃어 주고 싶었지만 얼굴 근육이 움직여 주질 않았다.

"학교에는 사회와 같은 권력은 없어. 인간관계를 못 만들면 루저가 되는 거야. 인간관계가 권력이 되는 곳이 바로 여기야. 서로 피를 빼는 흡혈귀들이 사는 곳이지. 이제 넌 흡혈귀를 만날 차례가 된 거라고."

나는 죽을힘을 다해 문을 밀었다. 하지만 문은 마법으로 봉인되어 있었다.

"너무 걱정하지 마. 은현이 같은 사이비 흡혈귀가 되는 것보단 나 같은 진짜 흡혈귀가 되는 게 나아. 하찮은 인간들이 흡혈귀 흉내 내는 꼴 좀 보라지. 가소롭다고."

"그, 그렇지 않아. 네가 무슨 흡혈귀야! 그냥 너 혼자 애들을 다 왕따 놓는다고 생각하는 거라고! 니가 하는 건 정신 승리야! 그러면 좋아? 남들하고 어울리려고 노력은 해 봤어?"

"같은 종끼리 어울리는 거야. 사자와 어린 양이 함께 뛰노는 곳은 천국밖에 없단다."

희정이가 내 쪽으로 허리를 굽혔다. 흡혈귀는 없다고, 없다고 생각했지만 그 순간 온 몸이 뻣뻣하게 굳어 버렸다. 희정이의 얼굴이 내 귓가로 다가왔다. 희정이의 숨결이 목덜미에 닿았다. 목에 경련이 일어 쥐라도 날 것 같았다. 심장이 터질 것처럼 뛰었다. 희정이가 속삭였다.

"아참, 그리고 말이야. 교실 문은 오른쪽으로 밀어야 열린단다."

희정이는 문을 밀었다. 나는 풀린 눈으로 희정이를 바라보았다. 교실 문을 빠져나가던 희정이가 내 쪽을 보며 방긋 웃었다. 길고 하얀 송곳니가 복도의 형광등 불빛에 반짝였다.

문득 내 송곳니도 쑥 늘어난 것 같은 기분이 들었다.

이문영

첫 책을 냈을 때 아직 놀이방에 다니던 아이가 지금은 여고생이 되었네요. 「3월의 법칙」은 아이의 이야기에서 시작된 글입니다.

아이가 어릴 때 그림책을 쓰고, 아이가 초등학교 다닐 때 동화책을 쓰고, 이제는 청소년 소설도 기웃거려 봅니다. 글도 아이와 함께 커가는지 모릅니다.

물론 아이들을 위한 글만 쓰지는 않습니다. 역사 소설, 추리 소설, SF 소설, 판타지 소설, 게임 시나리오에 이르기까지 전천후로 이야기를 만듭니다.

독자들이 좋아할 글을 언제까지나 쓸 수 있기를 바라고 있습니다. 그동안 쓴 책으로 『색깔을 훔치는 마녀』『역사 속으로 송송』『자명고』『아이, 뱀파이어』 등이 있습니다.

3월의 법칙

읽고나서

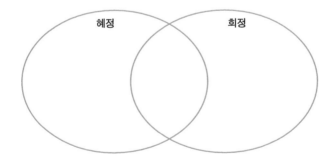

우정의 기초

● **1. 다음 글을 읽고 이 소설에서 '흡혈귀'의 의미는 무엇일지 생각해 봅시다.**

흡혈귀의 등장은 흡혈귀가 아닌 사람들을 하나로 묶을 수 있었다. 그러나 사실 흡혈귀는 우리 마음 속에 존재하는 하나의 괴물에 불과할 뿐이다. 우리는 받아들일 수 없는 자신의 악마적인 측면을 들여다볼 때마다 흠칫 흠칫 놀란다. 그리고 그런 자신을 받아들이기가 너무 부담스럽게 느껴진다. 그래서 우리는 우리의 악마적인 면을 드라큘라로 만들어 결국에는 그의 심장에, 즉 우리의 심장에 말뚝을 박아 없애버리고 싶은지도 모른다.

김상준, 『신화로 영화읽기 영화로 인간읽기』(세종서적) 중에서

2. 소설에서 혜정이와 희정이는 친구에 대한 생각이 달라 날 선 대립각을 세웁니다. 하지만 친구에 대한 둘의 시각에는 비슷한 부분 또한 보이지요. 아래 그림에 혜정이와 희정이의 친구관에 대한 공통점과 차이점을 써 넣어 봅시다.

혜정

희정

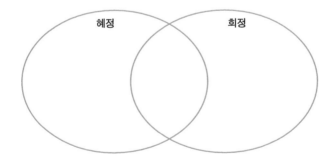

3. 다음 그림 안에서 오른쪽에 혼자 있는 사람의 모습이 왼쪽의 무리지어 있는 사람들과 대조되어 보입니다. 여러분도 생활 속에서 이와 비슷한 경험을 겪은 적이 있다면, 어떤 상황이었고 어떤 느낌이었는지 이야기해 봅시다.

에드바르트 뭉크,
〈칼 요한 거리의 저녁〉(1892)

4. 친구를 만들기 위해 고민하는 혜정이가 온라인 상담실 게시판에 고민 글을 썼습니다. 다음 예시를 보고 여러분이 상담 선생님이라면 어떤 말을 해 줄지 적어 봅시다.

Q 저는 집에 갈 때 가장 외로워요. 다들 친구들과 짝지어 가는데 저만 혼자입니다. 냉혈 인간 같다는 말을 듣는데 제 외모 때문일까요?

A 옷차림이나 머리모양을 부드럽게 바꿔 보세요. 안경을 쓴다면 파스텔 톤의 동그란 안경을 써서 이미지를 바꿔 보세요. 하지만 가장 중요한 것은 친구를 대하는 태도랍니다. 혹시 친구들의 말을 흘려듣거나 무시하는 버릇이 있나 곰곰이 생각해 보세요. 친구들에게 항상 친절하고 상냥하게 대하

면 친구들의 평가도 달라질 거예요.

Q 새 학년이 되어 친구를 사귀기가 어려워요. 다들 벌써 친한 애들이 있는 것 같고 제가 쉽게 다가갈 틈이 없는 것 같아 걱정×100

A _____

_____

_____

5. 심리학자 매슬로는 인간의 욕구를 아래와 같이 다섯 가지로 나누고 아래 단계가 충족되지 않으면 위의 단계도 채워질 수 없다고 주장했습니다. 목숨이 위태로운 사람에게 축구 동아리에 들어가고 싶은 욕구가 생길 리 없고, 며칠을 굶은 사람에게 자존심을 지키고 싶은 욕구가 생기지 않는다는 거죠. 그렇다면 혜정이는 어떤 욕구를 위협받고 있을까요? 또 혜정이의 욕구가 충족되지 않으면 어떤 일이 일어날지 말해 봅시다.

자아실현
욕구

자존심에 대한 욕구

소속과 사랑의 욕구 : 사회적 인정

안전의 욕구 : 건강한 신체와 편안한 감정

생존의 욕구 : 먹고 입고 자는 생리적 욕구

6. 다음 글을 읽고, 다른 사람과 친해지기 위해 어떤 것들이 필요할지 생각해 봅시다.

우리는 똑같다

공적으로나 사적으로 사람을 만나 이야기를 나눌 때, 상대방의 호감을 사고 싶으면 그 사람의 무의식적인 버릇을 그대로 흉내 내면 된다. 식사 때에 특히 그런 버릇들이 잘 나타나므로, 그 시간을 잘 이용할 필요가 있다. 상대를 잘 살피고 있다가, 그 사람이 턱을 문지르면 당신도 턱을 문지르고, 그가 손가락으로 감자튀김을 집어 먹으면 당신도 그렇게 하고, 그가 냅킨으로 입을 자주 닦으면 당신도 똑같이 행동한다. 또 상대가 말을 할 때 당신 눈을 바라보는지, 음식을 먹으면서 말을 하는지 안 하는지, 빵에 손을 대는지 안 대는지도 살펴야 한다. 그 사람이 자기 빵으로 접시의 소스를 닦는다면, 그런 중요한 순간을 놓치지 말고 당신도 얼른 그대로 한다. 밥을 먹을 때와 같은 가장 허물 없는 순간에 상대의 버릇을 그대로 따라 한다는 것은 다음과 같은 무의식적인 메시지를 자동적으로 전달하는 것이 된다.

"나는 당신과 같은 부류에 속하는 사람입니다. 우리는 똑같은 버릇을 가지고 있으니 아마 교육받은 것도 생각하는 것도 같을 것입니다."

베르나르 베르베르, 『상대적이며 절대적인 지식의 백과사전』(열린책들) 중에서

((**

어쩌다 보니
왕따

- 좌백

》

읽기 전에

세상에 똑같은 사람은 없습니다. 겉모습이 아무리 비슷하다 해도 속마음이나 사는 모양은 다 다릅니다. 세상에 흠이 없는 사람은 없습니다. 완벽해 보인다 해도 누구나 부족하고 자신 없는 부분이 있습니다. 혹시 나와 다르다고 해서 누군가를 힘들게 한 적은 없었나요? 나도 완벽하지 않으면서 다른 친구들이 눈에 거슬리는 행동을 한다고 무시한 적은 없었나요?

세상에 나와 똑같은 지문을 가진 사람은 없지만 세상 모든 사람이 가진 공통점이 있습니다. 그건 바로 모든 사람들 하나하나가 소중하다는 사실이지요. 세상에 완벽한 사람은 없지만 모든 사람이 아는 완벽한 진실이 있습니다. 누구도 다른 사람에게 말과 주먹으로 상처를 주어서는 안 된다는 사실이지요.

이 소설은 고단한 왕따 생활을 이어가는 '나'의 이야기입니다. '나'는 가슴 아픈 이야기를 남의 이야기처럼 아무렇지도 않게 늘어놓습니다. 그래도 그 괴로움과 외로움을 우리는 충분히 느낄 수 있지요. 여러분도 외로운가요? 지금도 이렇게 외로운데 왕따가 되면 얼마나 더 외로울까요? 그게 무서워서 왕따 당하는 친구를 못 본 척한 적이 있나요? 우스꽝스럽고 또 눈물겨운 왕따맨과 함께 여러분의 마음속에 숨은 왕따를 만나 봅시다.

어쩌다 보니 왕따

◇◇◇

"나는 왕따!"

처음엔 그렇게 들었다. 하지만 태수가 '뭐라고?'라고 되물었을 때 조금 전보다는 크고 또렷한 소리로 반복하는 걸 제대로 들을 수 있었다.

"나는 왕따맨이다! 왕따당하는 아이가 있는 곳에는 어디든지……."

그 사람은 그렇게 말했다. 원래는 소리치려고 한 것 같은데 뭐가 잘못됐는지 아주 가까이에 있는 나와 태수가 아니면 듣기 힘들 정도로 작은 목소리로 웅얼거리는 게 고작이었다. 하긴 나 같아도 그런 말을 하려면 창피해서 못 하겠다. 그런 복장으로는 더욱.

그 사람은, 그러니까 자칭 왕따맨은 우리 학교 공인 왕따인 내가 이런 말을 하긴 그렇지만 왕따당하게도 차려입었다. 이태원 도로변에 늘어선 수레에서 산 것 같은 색실 달린 가면을 쓰고, 가면이 벗겨질까 두려웠는지 넥타이를 이마에 동여맸다. 하의는 아저씨 양복바지 그대론데 신발은 반짝반짝 새 운동화다. 웃옷은 양복 상의를 뒤집어 입은 건데, 딴에는 변장이랍시고 그런 모양이었다. 이렇게 할 바에야 바지 겉에 팬스를 입는 게 낫다. 슈퍼맨처럼 말이다. 이런 어설픈 변장과는 달리 아무도 몰라볼 테고, 알아봐도 창피해서 아는 척하지 않을 테니까.

어쨌건 이 요상한 아저씨 덕분에 태수가 손을 쉬었고, 나도 맞지 않고 잠시 숨을 돌릴 수 있었다. 겨우 5분쯤 맞았을 뿐인데 죽을 것 같았다. 숨을 돌리니 당장 죽을 것 같지는 않은 정도로 회복되었지만.

태수가 세긴 세다. 달리 우리 학교 일진 중에서도 짱이겠나. 어쩌다가 이런 놈한테 찍혔는지 모르겠다. 초딩 때부터 왕따였던 내 짧지 않은 왕따 경력으로 봐서도 이런 센 놈에게 걸리긴 처음이다. 이렇게 잘나가는 놈은 나 같은 앤 눈에도 보이지 않는 듯이 취급하는 게 보통 아닌가.

내가 왜 이 모양이 되었을까?

8분 30초 전, 나는 하교하려고 교문으로 가다가 돌아와 건물 뒤로 숨었다. 교문 밖에서 서성거리는 태수와 그 일당들을 보았기 때문이다.

왕따로 오래 살다 보면 요령이라는 게 생긴다. 그리고 그 요령 중 첫째는 '악어는 피해 가라'는 거다.

태수와 그 일당은 악어 같은 놈들이다. 그것도 굶주린 악어다. 이놈들은 늘 재미있는 일에 굶주려 있고, 그들이 가장 좋아하는 먹이는 괴롭힐 만한 녀석, 그러니까 나 같은 애다.

그런 애들 눈에 띄어서 좋을 일은 없다. 한 학교에 다니는 이상 아주 안 마주칠 수는 없지만 최대한 안 만나는 게 살아남는 방법이다.

게다가 지금 그 녀석들은 나를 기다리고 있는 게 확실하다. 방과 후에 두고 보자는 경고를 받았던 것이다. 물론 그 녀석들과 다시 볼 생각은 없다. 내일은 몰라도 오늘은 그럴 생각이 없다. 오늘치는 이미 충분히 맞았으니까.

교실로 돌아가서 시간을 보내다가 어두워진 다음에 나갈까?

아니, 텅 빈 교실에 혼자 남아 있다가 선생들이 보기라도 하면 귀찮

73

어쩌다 보니 왕따

아진다. 그럼 어디 으슥한 곳에 숨어 있을까? 그러다가 순찰 도는 수위 아저씨에게 걸리면 귀찮음이 백배가 될 게 뻔하다.

집에 가는 다른 아이들 틈에 섞여서 같이 가면 어떨까. 다들 보는 데서 패지는 않지 않을까. 걔들이 그럴 수 있다는 것을 나는 잘 알고 있다.

퇴근하는 선생들 옆에 붙어서 가도 볼일 있다며 따로 불러서 끌고 갈 가능성이 높고, 그럴 때 선생들은 모른 척하거나 정말로 몰라 그냥 갈 거라는 데 붕어빵이라도 걸 수 있다.

빠져나갈 길은 없는 것 같다. 그저 요령껏 숨어 있다가 걔들이 그냥 지쳐서 돌아가면 그때 교문을 통과하는 수밖에 없었다.

혹시 갔나 하고 건물 뒤에서 머리를 내밀었을 때 나는 그 마지막 수단도 막혀 버렸다는 걸 알았다. 어느새 다가왔는지 바로 앞에 태수와 그 일당들이 와 있었다.

"숨바꼭질하냐?"

태수의 오른팔이라고 불리는 종현이가 입술을 이상하게 움직이며 그렇게 말했다. 아마 이죽거린다는 게 이런 걸 거다. 보는 순간 한 대 때려주고 싶게 하는 표정이지만 그런 감정을 드러내면 큰일 난다. 싸움은 태수가 짱이지만 무섭기는 종현이가 더 무섭다. 태수는 일진 짱답게 나 같은 피라미는 안 건드리지만 종현이는 상대를 안 가리고 괴롭히기 때문이다. 새디스트가 틀림없다.

"존만한 쉐리……, 따라와!"

존만한이 아니라 좆만한이 맞는 말이고 쉐리가 아니라 새끼가 정말 하고 싶은 말이었겠지.

지금 그게 중요한 게 아닌 건 잘 알고 있다.

하지만 그런 생각이라도 하지 않으면 뭘 생각하라고.

오늘은 어떤 방식으로 얼마나 오래 괴롭힘당할지 생각해야 하나?

그건 괴로움을 더할 뿐이다.

나는 기계적으로 걸음을 옮기며 머릿속으로는 지금의 이 상황과 상관없는 다른 곳에 정신을 두려고 애썼다. 그러다가 정신을 차려 보니 나는 주택가 작은 놀이터에 와 있었다. 거기에는 지영이를 비롯한 잘나가는 여자애들이 기다리고 있었다.

점심시간, 평소처럼 종현이는 턱으로 매점 방향을 가리키며 주문했다.

"피자 넷. 우유 둘, 하나는 초코우유. 알겠지!"

빵셔틀을 출동시키는 명령어 같은 거다.

피자빵 넷, 우유는 두 개를 사 오는데 그중 하나는 초코우유로.

잘 알아들었다. 하지만 그걸 수행하는 건 다른 문제다.

우선은 심한 거부감이 든다. 내가 왜? 내가 왜 내 돈 들여서 빵을 사다가 쟤들을 먹여야 하나.

간단하다.

거부하면 맞으니까. 맞는 것보다 더한 괴롭힘을 당하니까.

잠깐 갈등하다가, 오래 걸리면 안 된다. 그 이유만으로도 맞으니까, 굴복하고 매점으로 간다. 주먹으로 몇십 대 두들겨 맞은 것처럼 아프게 상처 입은 자존심을 달래면서 뛰어간다. 죽어라고 뛰어야 한다.

이 시간에 학교 매점은 먹을 걸 사러 온 애들이 아우성을 치는 전쟁

터다. 늦어서 혹시 찾는 것, 그러니까 주문받은 품목이 매진되기라도 하면 큰일이다.

재수 없게도 오늘이 그랬다.

"피자빵 없어. 딴 거 가져 가라!"

매점 아저씨가 원망스러웠지만 어쩔 수 없었다. 다른 거라도 사가지고 가는 수밖에. 그나마 초코우유는 있어서 다행이었다.

그렇게 사간 빵을 종현이는 내 얼굴에 던졌다.

"누가 이딴 걸 먹는데! 없으면 밖에 나가서라도 사와야 할 거 아냐, 이 쉐리야!"

가슴 속에서 불길이 솟아올랐다. 눈이 뜨거워지면서 아무 것도 안 보였다. 그 자리에 서서 주먹을 꽉 쥐고 서 있기만 했다.

"뭘 야려! 개기는 거냐!"

입술을 깨물고 서 있다가 나는 상상할 수도 없는 일을 했다. 이야기가 안 끝났는데 돌아서서 그 자리를 떠나려 했던 거다.

"어, 이 쉐리 봐라!"

아마도 종현이인 듯한 애가 어깨를 잡더니 돌려세운다. 그리고 주저없이 주먹을 날린다. 한 방에 숨이 막혀오는 것을 느낀다. 명치를 맞았다. 고꾸라져서 어떻게든 숨을 쉬어보려고 헐떡이는데 옆구리에 충격이 느껴진다. 발로 걷어찼나 보다. 연거푸 전해지는 충격, 한두 놈이 차는 게 아니다.

뭐 요즘 안 좋은 일이 있었나?

평소에도 안 때리는 건 아니지만 오늘은 좀 심하다.

선생님에게 야단을 맞았다거나 동네 형들, 진짜 깡패 형들에게 돈을 뺏겼다거나 하는 뭔가 기분 나쁜 일이 있었고, 그걸 걸리는 아무에게나 풀려고 했는데 하필 내가 걸렸다는 그림이 그려졌다.

얼굴에 강한 충격이 전해졌다. 감고 있던 눈 안쪽에 불이 켜진 것 같았다. 머리는 멍해지고 이가 아팠다. 입술가로 뭔가 흐르는 것 같은데 아마 피일 것이다.

아픈 건 둘째고 이가 부러지면 집에 가서 아빠한테 변명하기가 어려워지니까 곤란하다는 생각이 먼저 들었다.

그보다 얼마나 더 때리려고 이러나 하는 두려움도 있었다.

비명이라도 질러야 하나?

그러면 선생님이 달려올지도 모르고, 지금 이 자리는 모면할 수 있을 것이다. 하지만 그랬다간 나중에 곱절도 더 두들겨 맞는다.

이를 악물고 참는다.

그때 지영이가 한마디했다.

"그만하면 됐잖니!"

마법처럼 그 한마디에 매질이 그쳤다.

간신히 눈을 뜨고 올려다보았다. 머리를 맞아서인지 골이 흔들리고 시선도 흐렸지만 우리 학교에서 제일 이쁘다는 지영이 얼굴은 또렷하게 보였다.

종현이가 당황한 듯 물었다.

"어, 너 이 쉐리 편을 드는 거야?"

지영이는 종현이를 상대하지 않았다. 당연하다. 2인자 따위를 상대

어쩌다 보니 왕따

할 위치가 아니다. 지영이는 퀸카다. 퀸카는 일진 중에서도 짱하고만 사귄다. 종현이 따위는 눈에 안 들어오는 신분인 거다.

지영이는 종현이를 무시하고 태수에게 말했다.

"끽 소리도 못하는 병신을 두들겨 패는 게 그렇게 재밌어? 너 조금 실망이다, 얘."

그러고는 지영이는 가 버렸다. 나는 굼벵이처럼 몸을 말고 웅크렸다. 지영이가 내 편을 들어 준 것 같지도 않지만 어쨌거나 태수와 종현이를 더 화나게 하고 갔으니 그 효과가 내게로 돌아올 거라 생각했다.

오늘은 긴 하루가 되겠구나 생각했다. 그리고 그 생각은 맞았다.

생각해 보면 이런 일이 처음은 아니다.

어제는 아무 일도 없었다. 학기 초부터 지금까지 반년이나 지났는데 어제처럼 아무 일도 없는, 누구에게 맞거나 빵셔틀을 하며 자존심을 상하거나, 가방을 들어주게 되거나 돈을 뜯기거나 학용품이 없어지거나 책에 나도 모르는 낙서가 돼 있거나 하는 식으로 괴로운 일이 안 일어나는 날은 겨우 두세 번뿐이었다. 그러니까 어제는 운이 좋았다.

그 전날은, 학기가 시작되면서부터, 그 전에 이 학교에 입학하면서부터, 돌이켜 보면 아주 오래 전부터 내 운은 늘 좋지 않았다.

늘 누군가가 날 괴롭혔다. 그게 지금은 태수와 그 일당이 되었을 뿐이다.

왜 이렇게 되었을까?

왜 왕따가 되었지?

"왕따는 말이다. 그렇게 될 만했기 때문에 왕따가 되는 거다."

며칠 전, 아빠는 마흔 갓 넘자마자 찾아온 노안 때문에 쓰게 된 안경을 치키며 말했었다. 한마디로 재수 없는 태도로 최고로 재수 없는 말을 했었다.

"널 왕따로 만든 애들을 변호할 생각은 조금도 없으니까 오해 말고 들어. 사람은 말이다. 애초에 짐승에게서 그리 멀지 않은 존재란다. 어릴 땐 더욱 그렇지. 동물들을 봐라. 특히 어린 새끼들을 보면 자기들보다 약한 놈, 어딘가 다른 놈을 따돌리고 괴롭히고, 결국은 못살게 해서 죽이는 경우가 흔하디 흔하다는 거다. 그건 자연의 섭리지. 약한 놈이 빨리 죽어야 강한 놈이 젖 한 모금이라도 더 빨 수 있거든. 왕따가 바로 그런 거야. 어딘가 다르거나 못하거나 한 거지. 너처럼 부모 중 한쪽이 없는 것, 보통보다 지능이 떨어지는 것, 가난한 것, 내성적이라 친구들과 잘 어울리지 못하는 것, 말투가 다르거나 취미가 다르다는 것, 심지어는 즐겨보는 TV 프로가 다르다는 것 하나만으로도 왕따가 될 소지는 충분한 거지. 그러니 왕따의 원인은 자기 자신에게 있다. 이걸 인정하는 데서 시작해 보자 그 말이다. 내 말은."

뭘 시작하자는 건지 모르겠지만 이런 말을 하는데 제대로 시작될 리가 없다. 나는 들고 있던 숟가락을 집어던지고 내 방에 들어가 문을 잠그는 것으로 아빠의 말에 대답했다. 그리고 한참 동안 방 안의 모든 것에 화풀이를 하면서 분을 달랬다. 방에서 그러고 있는 동안에도 방문을 억지로 열고 들어온다거나 하는 방식으로 폭력을 사용하지 않는 게 장점이라고는 별로 없는 아빠의 장점이다. 유일한 장점.

그 후에 계속 생각해 봤지만 아빠의 말은 정말 쓸 만한 말이 못 되었다. 그래서 어쩌라고? 엄마가 없는 게 내 잘못은 아니다. 아빠가 별 볼일 없는 그저 그런 사십 대 샐러리맨인 것 또한 내 잘못은 아니다. 잘못이라면 이런 건 오히려 아빠의 잘못이다. 그 때문인지 아닌지 어렸을 때부터 남들과 잘 어울리지 않고 책만 보게 된 것도 따지고 보면 아빠 탓이다. 그러다 보니 점점 더 애들이랑 안 어울리게 되고, 그렇다고 공부를 잘하는 것도 아니고, 운동은 몸치라 못하고 그 흔한 게임 하나 잘하는 게 없는 것도 아빠 탓이다. 그래, 나 내세울 만한 거 눈 씻고 찾아봐도 없는 못난이다. 그게 내 탓인가? 이 모든 게 내 잘못이라고 해도 좋다. 그러면? 그걸 다 고치면 왕따에서 벗어나게 되나? 아니, 도대체 그걸 다 어떻게 고치지? 세상엔 복구가 불가능한 일도 있다. 내가 왕따라는 게 바로 그거다.

뭐, 왕따라도 두들겨 맞지만 않으면 견딜 만하다. 생각하기에 따라선 혼자 있을 시간이 많으니 좋기도 하고. 모두 뛰어놀고 있는 운동장 구석 철봉에 거꾸로 매달려 세상을 보는 것도 생각보단 괜찮다. 그럴 땐 내가 왕따를 당하는 게 아니라 내가 세상을 왕따하는 것 같은 생각이 들기도 하니까.

하지만 괴로운 건 역시 괴롭다. 아무리 정신 승리를 시도해도 왕따로 산다는 건 괴롭다. 내가 맞고 있을 때 아무도 도와주지 않는다는 건 맞는 것 자체보다도 더 괴롭다. 세상에 오직 나 혼자뿐이라는 느낌은 정말 괴롭다.

때로는 죽고 싶을 정도로.

병신이라는 욕은 아무렇지도 않다. 왕따는 그보다도 더한 거다. 왕따는 벌레다. 왕따시키는 애들뿐 아니라 그냥 모른 척하는 애들에게도, 모르는지 알고도 모른 척하는지 알 수 없는 선생님들에게도 안중에 없는 존재, 밟히고 터져도 그냥 눈 한 번 찌푸리고 말 벌레 같은 존재인 거다.

그리고 지금 내 눈앞에는 또 한 마리의 벌레가 짓밟히고 있다.

왕따맨이었다.

"차라리 싸워! 싸우다 죽어! 그게 자살보단 낫지 않냐? 태권도장이라도 다닐래? 아니, 다녀라!"

아빠가 엊그제 한 말이다.

나는 대답 대신 책가방을 던져 버리고 집을 나갔다. 밤이 늦어서 돌아가긴 했지만.

질 걸 뻔히 알면서 싸울 이유는 없다. 그런다고 용기가 가상하다며 봐줄 애들도 아니라는 걸 나는 잘 안다. 그래봤자 매만 더 맞는다는 걸 안다.

왕따맨도 그랬다.

어디서 준비해 왔는지 안테나처럼 길게 뺐다 넣었다 할 수 있는 수련용 삼단봉을 휘두르며 태수에게 덤벼들었지만 옆차기 한 방에 고꾸라지더니 그 뒤로 내내 맞고 있었다.

나도 저런 삼단봉을 가지고 있다. 그걸로 종현이 놈의 머리를 깨버리려고 늘 책가방 안에 가지고 다닌다. 하지만 한 번도 사용해 본 일은 없었다. 그걸 꺼내 휘두를 용기 같은 건 내게 없었다.

왕따맨에게는 적어도 그건 있는 것 같았다. 맞고 쓰러져도 용케 일어나서 다시 맞고 쓰러진다. 태수가 주먹을 휘두를 때마다 좌우로 픽픽 잘도 쓰러졌다 일어난다. 그럴수록 더 맞는 건 모르나 보다.

나는 보고 있었다.

왕따맨이 맞는 동안만이라도 안 맞는 걸 다행스러워하면서 보고만 있었다.

보고 있으려니 나도 모르게 눈물이 났다. 두들겨 맞을 때도 안 흘리던 눈물이 둑이라도 터진 것처럼 마냥 흘러내렸다.

왕따맨이 맞는 걸 보고서, 맞아도 계속 덤비는 걸 보면서, 그게 뭐 소중한 거라도 되는 것처럼 가면이 벗겨지지 않도록 붙잡고 있는 걸 보면서 눈물이 났다.

"그만 때려, 이 나쁜 놈아!"

나도 모르겠다.

이런 용기가 어디서 났을까.

감히 우리 학교 일진 짱 태수에게 덤벼들어 허리를 붙잡고 늘어질 용기가 어디서 튀어나온 것일까.

"이게 미쳤나! 야, 이거 못 놔!"

태수가 주먹으로 등을 때린 것 같았다. 아팠다. 하지만 놓지 않았다.

"이게 죽으려고!"

등에 또 한 방 맞았다. 아까보다 더 아픈 걸 보니, 뼈가 저리게 아픈 걸 보니 팔꿈치로 찍었나보다. 숨이 턱 막혔지만 그래도 놓지 않았다.

머리채를 잡힌 것 같았다. 무릎이 내 얼굴로 날아오는 게 보였다. 이를 악물었다. 이번엔 정말 죽겠다고 생각했다.

그런데 죽지 않았다.

"차라리 날 때려라, 이놈아!"

왕따맨이었다.

죽어라고 나와 태수 사이로 파고들어 매를 대신 맞아 준 건 왕따맨이었다.

어린애들처럼 좌우로 팔을 휘두르며 배운 격투기만 도합 10단이라는 일진 짱 태수에게 덤벼든 건 왕따맨이었다.

나 대신 맞아주는 건 왕따맨, 아빠였다.

처음부터 알고 있었다.

뒤집어 입어 봤자 아빠 옷이고, 삼단봉은 내가 책가방에 넣고 다니던 바로 그 물건이었으니까.

위력을 시험해 본답시고 바위를 때려서 휘어진 끄트머리를 보면 안다. 그냥 목소리만 들어도 안다. 멀리서 윤곽만 봐도 안다.

왕따 아들에게 네가 잘못한 걸지도 모른다고 재수 없는 말을 한 그 아빠 맞다.

싸우다 죽으라고 한 그 아빠, 하지만 알고 보면 세상에 딱 하나 내 편인 아빠다.

날 울게 한 딱 한 사람, 아니 이제는 없는 엄마와 함께 두 번째인 사람이 이 사람이다.

"야, 그만해! 이러다 사람 죽겠다!"

이번에도 매질을 멈추게 한 건 지영이의 말이었다.

"너 정말 쓰레기 같은 애구나! 이런 사람 패면서 남 보기 부끄럽지도 않아?"

"이게!"

태수는 지영이도 때릴 것처럼 주먹을 들었다. 하지만 차마 그러지 못하고 침을 뱉더니 돌아섰다.

"야, 가자! 재수 없다!"

태수는 갔다. 종현이를 비롯한 그 일당도 갔다. 지영이는 조금 더 있더니 안됐다는 듯 나와 아빠, 아니 왕따맨을 보다가 가버렸다.

나와 왕따맨은 서로를 부둥켜 안고 땅바닥에 주저앉아 있었다. 어디에서 구경하고 있었는지 몇 사람이 다가오고 있었다. 나는 주섬주섬 가방을 챙기고 일어났다. 왕따맨도 일어나려 애쓰고 있었다. 부축이라도 할까? 집에 같이 돌아가자고 할까?

나는 그렇게 하지 않았다. 그냥 혼자서 집으로 향해 걸었다. 하지만 나는 웃고 있었다. 눈물을 흘리면서 집으로 돌아가는 내내 웃었다.

나는 왕따다.

아니, 나는 왕따가 아니다.

적어도 한 명은 내 편이 있으니까.

나는 저만치서 걸어가고 있는 지영이를 눈으로 좇았다.

아니, 어쩌면 두 명쯤.

좌백

폭력에 마음까지 꺾이지 말고, 외롭다고 아무에게나 애정을 구걸하지만 않으면 죽음이 차라리
구원으로 여겨질 정도로 삶이 비참해지지는 않는다.
나도 한때 왕따였지만, 어차피 삶에서 중요한 일은 아무도 대신 해 주지 않고, 결국은 모두가
자기만의 길을 가야 한다는 걸 알게 된 후로는 이전처럼 괴롭거나 외롭지 않더라.
그저 좋아하는 일이라 무협 소설들을 써 왔고, 재미있는 일이라 철학을 공부했다.
『대도오』를 비롯한 무협 소설들과 『청소년을 위한 철학판타지 소설 시리즈』를 썼다.

85   _{어쩌다 보니 왕따}

읽고나서

● 1. 주인공 '나'는 태수와 그 일당을 '악어'라고, 왕따는 '벌레'라고 생각합니다. '나'가 이들을 동물로 비유하는 이유를 소설 속에서 찾아 적어 보고, 만약 다른 등장인물들도 동물에 비유한다면 어떤 동물로 비유하면 좋을지 생각해 봅시다.

등장인물	동물로 비유	비유한 까닭
나	벌레	밟히고 터져도 그냥 눈 한 번 찌푸리고 마는 벌레 같은 존재라서
태수와 그 일당	굶주린 악어	
지영		
같은 반 친구들		
아빠		

2. '나'는 태권도장이라도 다니며 싸우라는 아빠의 말에 '질 걸 뻔히 알면서 싸울 이유는 없다. 그래봤자 매만 더 맞는다는 걸 안다.'라고 포기해 버립니다. 아래 두 글을 읽고 '나'에게 조언을 해 봅시다.

"싱클레어, 그 놈을 두려워하는 것이 옳지 않다는 걸 너도 알지, 안 그래? 그 두려움이 우리를 망가뜨리는 거니까, 그런 건 떨쳐 버려야 해. 넌 이제 그 두려움과 맞서지 않으면 안 된단 말야."

헤르만 헤세, 『데미안』 중에서

"불량 학생은 자신의 힘과 위세를 과시하는 경향이 있어서 약한 아이에게 는 갖은 협박을 하지만 막상 더 크고 강력한 힘 앞에서는 꼼짝 못하는 경향 이 있습니다. 교활한 자는 현명한 방법으로 대하는 것이 좋습니다. 여러분 의 순수한 머리로 그들을 이길 수 있는 방법을 찾기는 쉬운 일이 아니니 꼭 어른의 도움을 받기 바랍니다."

이나미, 『괜찮아, 열일곱 살』(이랑) 중에서

3. 다음과 같은 '나'의 독백에 격려하는 댓글을 달아 봅시다.

내가 맞고 있을 때 아무도 도와주지 않는다는 건 맞는 것 자체보다도 더 괴롭다. 세상에 나 혼자뿐이라는 느낌은 정말 괴롭다.

re : _____

re: _____

re: _____

어쩌다 보니 왕따

4. 여러분이 아래의 구덩이 속에 갇혔다고 상상한 다음 구덩이 밖으로 나오는 데 도움을 줄 수 있는 사람들을 그려 봅시다. 또 여러분이 아무런 행동도 하지 않는다면 구덩이 밖의 사람들이 여러분을 도울 수 있을지 없을지도 함께 생각해 봅시다.

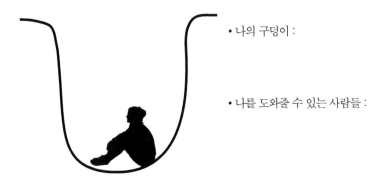

• 나의 구덩이 :

• 나를 도와줄 수 있는 사람들 :

5. 다음 글은 약한 아이를 왕따시키고 괴롭히는 아이들의 심리에 대해 말하고 있습니다. 혹시 나도 내 안의 어떤 약점을 다른 친구에게서 찾아 그 친구를 미워한 일이 있지는 않은지 생각해 봅시다.

지금도 수많은 교실에서 왕따를 당하며 상처받고 있을 아이들을 떠올리면 마음이 캄캄한 어둠에 휩싸인다. 영원히 걷히지 않을 듯한 안개 속에서 몸 서리치고 있을 아이들의 떨림이 내 가슴을 짓누른다. 요즘 아이들은 친구의 부족한 모습을 견디지 못한다. '찌질한' 존재라고 놀리거나 무시하며 때로는 이유 없는 증오에 가득 차 온갖 분노와 미움을 터뜨리기도 한다. 이 아이들이 찌질한 친구를 견디지 못하는 이유는 아이러니하게도 매우 단순

하다. 자기 안의 찌질한 모습을 견디지 못하고 있기 때문이다.

손병일, 『십대공감』(뜨인돌) 중에서

6. 다음은 학창 시절 자신이 괴롭힌 친구가 자살했다는 사실을 뒤늦게 알게 된 사범이 현재 다른 학생들을 괴롭히는 종훈을 설득하기 위해 들려주는 이야기입니다. 글을 읽고 20년 후 태수의 입장이 되어 현재를 회상하는 일기를 써 봅시다.

"나도 처음에는 그렇게 생각했어. 2학년 때까지는 가해자로 때리다가 3학년 때는 내가 공부에 관심을 가지면서 상황은 좀 달라졌으니까. 하지만 편치 않은 꿈을 계속 꾸게 되었어. 돌이켜 생각해 보니, 그 애가 아파하는 걸 알았는데도 내가 뭘 한 게 없는 거야. 가해자에서 방관자로 바뀌었을 뿐 그 애의 상처를 한 번도 보듬어 준 적이 없었지.

답답한 마음에 고향에 내려갔더니 무덤도 없이 승균이를 화장한 후 납골당에 넣어 놨더라고. 승균이 부모님은 10년도 더 지나 안타까운 소식을 듣고 뒤늦게 찾아온 친구로 나를 맞아주시더군. 나는 내가 가해자 중 하나라고 차마 말할 수가 없었어. 미안하다고만 했지. 부모님의 주름진 눈가에 하염없이 눈물이 흐르더군. 그것을 보며 나도 많이 울었단다. 그냥 그렇게 대해도 되는 애처럼 아무 생각 없이 우리가 습관적으로 때린 것에 승균이는 생명을 놓을 정도로 지쳐 갔던 거야."

사범의 목소리가 잠겼다. 종훈은 자신이 습관적으로 때리는 상석을 생각했다. 상석을 통해 승균의 모습을 보았다. 그리고 자신을 통해 사범의 과거 모

89

어쩌다 보니 왕따

습을 보았다. 몸서리가 쳐졌다.

"만약 어떤 아이를 놀릴 만한 약점이 있다면, 가장 속상해하는 사람은 바로 그 당사자일 수밖에 없잖아. 그러면 그 상처를 보살필 생각을 했어야지. 그런데도 우리는 안 그래도 상처받고 있는 아이의 가슴을 더 헤쳐 놓으면서 시시덕거린 거야. 악마처럼."

이남석, 『주먹을 꼭 써야할까?』(사계절), 2011

20년 후 어느 날 태수의 일기

7. 다음은 폭력에 대한 다양한 생각들입니다. 맞다고 생각하면 O, 아니라고 생각하면 X 라고 표시하고 왜 그렇게 생각하는지 이야기해 봅시다.

• 사소한 행동이나 장난으로 친구를 놀리거나 괴롭히는 것까지 폭력이라

고 보는 것은 지나친 생각이다. ( )

• 영화에서도 많이 나오지만 정의로운 폭력은 용감하거나 영웅적이다. ( )

• 주위를 보면 진짜 맞을 만한 짓을 하는 친구들이 있다. ( )

• 재미로 괴롭히거나 때리는 행위는 정말 비열한 것이다. ( )

• 내 생각이 옳다면 나와 생각이 다른 친구들은 때려서라도 설득해야 한다. ( )

• 자주 맞는다면 분명 맞는 친구에게 문제가 있을 것이다. ( )

• 친구들이 괴롭힐 때 조금만 참으면 언젠가 사이가 좋아질 때가 올 것이다. ( )

• 때리거나 괴롭힐 때 '싫어'라고 얘기하는 것은 반사적인 반응일 뿐이다. 속으로는 즐기기도 할 것이다. ( )

• 여자를 때리는 것은 비겁한 일이지만 남자끼리는 괜찮다. ( )

• 때론 한마디의 말보다 한 차례의 주먹이 훨씬 효과적이다. ( )

• 친구들과 친해지려면 하기 싫어도 다른 사람을 괴롭혀야 한다. ( )

• 힘이 세다는 것을 꼭 남에게 드러내 보일 필요는 없다. ( )

• 화가 날 때 폭력을 사용하면 오히려 더 화가 나게 된다. ( )

• 폭력에는 폭력으로 맞설 수밖에 없다. ( )

• 많은 사람을 위해 소수의 사람이 희생되는 것은 어쩔 수 없다. ( )

• 부모님이나 어른이 아셨다는 것을 때린 친구가 알게 되면 더 괴롭힘을 당하게 될 것이다. ( )

어쩌다 보니 왕따

이토록 고요한
소년의 나날들

- 신여랑

∘∘ 읽기 전에

　　　　나와 가장 가깝지만 때론 나와 가장 먼 사람들. 아무 말 안 해도 나를 이해하고 보듬는 사람들이지만 때론 나를 전혀 이해하지 못하는 낯선 사람들. 바로 가족입니다. 가족은 따뜻한 둥지 같다가도 갑자기 부담 가득한 답답한 올가미가 되지요. 매일 함께 사는 게 더없이 즐겁다가도 다시는 얼굴도 보기 싫을 만큼 지겨워지기도 하고요. 내가 선택할 수도 없지만 그렇다고 버릴 수도 없는 가족. 사랑하지만 어떻게 표현해야 할지 모르겠고 사랑받고 싶지만 어떻게 말해야 할지 도무지 알 수 없는 가족. 가족이니까 무조건 행복해야 할까요? 가족이니까 무조건 웃어야 할까요? 가족이니까 무조건 참아야 할까요?

　이 소설은 가족이 나뉘고 다시 생긴 소년에 관한 이야기입니다. 소년이 함께 살기로 한 아빠, 아빠의 아줌마, 아줌마의 어린 두 딸, 이혼한 엄마, 그리고 엄마의 남자 친구. 소년은 그 속에서 상처받은 마음을 숨기고 웃음을 잃지 않으려 합니다. 무엇보다 소년은 헤어지기 전에도 지금도 늘 제멋대로인 엄마를 묵묵히 견디지요. 이 살얼음판 같은 고요 속에서 소년은 행복할까요? 쉽게 잠들지 못하는 소년의 마음을 따라 우리가 지금껏 몰랐던 가족의 의미를 새롭게 발견해 봅시다.

이토록 고요한 소년의 나날들

◇◇◇

소년의 부모님은 오래전에 이혼했다. 그때부터 소년은 아버지와 살았고, 지금은 아버지와 아줌마(소년은 실제로 그렇게 부른다), 그분의 어린 두 딸과 함께 살고 있다. 소년이 그분을 '아줌마'라고 부른다고 그들 사이에 불화가 있는 것은 아니다.

무엇보다 소년은 사전에 양해를 구했었다.

"불쾌하지 않으시다면 계속 아줌마라고 부르고 싶은데, 괜찮을까요?"

아줌마는 오래전부터 무역상을 하시는 소년의 아버지 사무실에서 일했던 것이다.

"물론이지. 대신 우리 애들이 아빠라고 부르는 것도 이해해 주렴."

"아, 물론 저는 괜찮습니다."

소년과 아줌마의 대화는 부드러웠고, 쉽게 합의점을 찾았다.

이후의 생활도 마찬가지였다. 지극히 사소한 변화 몇 가지를 제외하면 소년의 일상은 평온했다. 가령, 석 달 전에는 샤워를 하고 팬티 차림으로 집 안을 돌아다녔다면 이제는 욕실에서 겉옷까지 챙겨 입고 나온다거나, 외식 메뉴 선택권을 아줌마의 어린 두 딸에게 넘겼다거나, 이제는 세탁기를 돌리지 않는다거나 하는 식의. 소년은 여전히 한 달에 두 번 엄마를 만나러 갔으며, 수학 문제를 풀 때는 스톱워치를 눌렀고, 아침엔 우유에 미숫가루를 타서 마셨다.

소년은 늘 웃었다.

"요즘, 어떠냐?" 속속들이 집안 사정을 아는 친구가 무언가 캐내려는 듯 물어도,

"좋아." 라고 대답했다.

아줌마의 어린 두 딸이, "오빠 엄마 예뻐?"라고 물어도 "응. 예뻐."라고 대답했다.

어쩌다 아버지가 "그 집 고양이 잘 있느냐?" 해도 "예, 잘 있어요." 하고 웃었다. 그때마다 엄마의 동거인이자 8살 어린 남자친구이며 자신을 고양이 발톱의 줄임말, '고발'이라고 불러달라는 남자가 떠올랐지만, 소년은 웃음을 잃지 않았다.

"혹시 불편한 점이 있으면 말해 줄래? 고치도록 노력해 볼게."

아줌마가 물었을 때는,

"아닙니다. 저는 없는데……. 혹시 불편하셨나요?"

라고 되묻기까지 했다.

"아니야. 그런 거 전혀 없어. 난 그냥 혹시 해서……."

아줌마가 당황한 듯 보였기 때문에 소년은 오히려 미안해했다.

"죄송합니다. 저기, 그럼 부탁 하나 드려도 될까요?"

그날, 소년의 부탁은 자기 방 청소를 하지 말아 달라는 것이었다.

"제가 성격이 좀 이상해서요."

부탁 끝에 소년은 그렇게 덧붙였고, 아줌마는 절대 그렇지 않다고 강조했다.

"친엄마가 그래도 싫을 수 있는 거야. 나도 그랬어. 내 방에 누가 들락거리는 거 끔찍하게 싫어했어. 그래 놓고도……. 미안해. 넌, 남자애니까 안 그렇겠지 했나 봐. 이제부터 안 그럴게."

소년은 말없이 앉아 자신의 친엄마가 제 물건을 만진 적이 있던가, 제 방 청소를 한 적이 있던가, 기억을 더듬었으나 찾아내지 못했다. 당연했다. 소년이 엄마와 같이 살던 시절, 집안 청소를 했던 건 아버지였으니까. 소년의 엄마는 이를 몹시 못마땅해했고, 때로 불같이 화를 냈다. 어느 날 늦게 귀가한 엄마가 "당신 왜 그러는데. 내 물건 건드리지 말라고 했잖아! 한국말 몰라!" 소리를 질렀고, 소년은 미안하다고 연신 고개를 숙이는 아버지 뒤에 숨어서 덜덜 떨다가 바지에 오줌을 지렸었다. **엄마 방에서 냄새나.** 담배꽁초와 종이와 책과 벗어 던진 옷가지로 뒤덮인 그 방에 아버지를 끌고 간 것은 어린 소년이었다. 되짚어 보면, 그날 밤으로 집을 나간 엄마는 돌아오지 않았고, 아버지는 "박사가되는 일은 굉장히 힘들단다. 그러니까 아빠가 다 잘못한 거야." 묻지도 않은 말을 했었다.

아줌마가 그쯤에서 자리를 털고 일어났다면, 소년이 말을 더듬는 일은 없었을 것이다.

아줌마는 홀리듯 말했다.

"아버지가 요즘 힘들어하셔. 사무실 일도 어렵고. 지난번에 엄마한테 안 갔다며……."

소년은 단박에 알아챘다. 그녀가 전화로 아버지를 추궁했다는 것을.

"아, 그게, 저, 그러니까, 제가 친구랑 어디 좀 가느라고요. 그쪽에는 미리 전화했는데, 아버지껜 걱정하실까 봐……."

소년은 왠지 자신이 거짓말을 하는 것처럼 느껴져 부끄러웠다.

하지만 어떤 면에서든 소년의 말은 사실이었다. 그날 소년은 친구와 강릉에 갔다.

"그래도 돼? 그러고 싶어? 나랑 우리 외할머니 집에 가고 싶어?"

소년의 친구는 물었고, 소년은 몇 번이나 그렇다고 확인해 줬다. 그런데도 친구는 미심쩍어했다. "엄마가 없어도 그 집에 가는 놈이 엄마가 있는데도 안 간다고?" 눈을 게슴츠레 뜨고 물음표 덩어리를 들이밀었다.

"내가 언제?"

"어, 이거 봐라. 내가 공부 머리는 딸려도 그딴 건 복사기거든. 언제냐, 지난달 두 번째 주 토요일. 너네 엄마 세미나 갔는데 거기 갔잖아. 나랑 놀자니까. 고양이 보러 간다고 튕겼잖아?"

"그랬나……."

소년이 우물쭈물 거리자, 친구는 소년의 어깨를 툭툭 치며 의기양양하게 말했다.

"어쭈, 이거 봐라. 너 그날 고발 씨랑 사우나 갔다고 했어, 안 했어? 그래서 내가 그랬지? '너 변태냐? 아빠랑 목욕탕도 끊을 나이에 엄마 남친이랑 사우나 가게?' 했어, 안 했어?"

그러나 소년의 친구는 눈치채지 못했다. 소년의 얼굴이 굳어 가는 걸.

"그랬던 놈이 오늘은 왜 안 가냐고, 엄마도 있고 죽고 못 사는 엄마 남친도 있는데?"

"제기랄, 싫으면 관둬!"

소년의 입에서 거친 말이 튀어나왔을 때에야 비로소 입을 다물었다. 꼬리를 내렸다. "아냐, 가. 가야지. 같이 가 주면 나야 좋지." 강릉행 고속버스 안에서도 잠자코 책만 보는 소년을 힐금거리기만 할 뿐 내버려 뒀다.

"아이고, 고맙다. 지 고모네 집 옥탑방에 얹혀사는 우리 수혁이 친구 해줘서."

외할머니가 소년의 손을 잡고 연거푸 등을 두드렸을 때에야,

"할머니가 몰라서 그러는데, 내가 친구해 주는 거야. 이 새끼 완전 승질 드러워."

소년의 친구는 큰소리를 쳤고, 소년은 웃었다.

소년은 아버지에게 늘 미안하단 소릴 듣고 자랐다. 이혼을 해서, 혼자 둬서, 아줌마를 만나서, 능력이 없어서, 그런데도 이렇게 의젓하게 잘 자라 줘서. 어쩌면 누군가에게는 우습게 들릴지도 모르지만, 소년은 다짐하곤 했었다. 아버지를 걱정시키지 않겠다고. 나에게는 그럴 의무가 있다고. 당연히 그래야 한다고.

"저, 이제부터 주말에 수학 학원 다니려고요."

소년이 고심 끝에 아버지에게 한 말이었다. 소년과 아버지는 그 결정이 무엇을 의미하는지 알고 있었다. 엄마라면 어렵지 않았다. 아버지가 엄마를 만나러 가기를 원하니까. 못할 것도 싫을 것도 없었다. 하지만 고발 씨는 달랐다. 그는 거침이 없었고, 그 거침없음으로 소년을

흔들었다. 처음엔 그런 그가 신기했다. 저기, 제가 뭐라고 부를까요? 어렵게 입을 뗀 소년에게 그는 이렇게 말했다. **나는 붙박이가 싫어. 사람이든 직업이든 관계든. 미리 정하지 말자.** 한참 후에야 특별히 네가 원하는 호칭이 없다면, 당장은 '고발'이라고 불러 달라고 했다. 자신이 거리 짐승 사진사라고도 했다. 동물보다 짐승이라는 단어가 마음에 들고, 그 짐승엔 사람도 포함된다며 크게 웃었다. 소년은 즐거웠다. 그의 사진을 보고, 카메라 다루는 법을 배우고, 가끔 셔터를 눌러 보는 게. 그렇지만 언제부턴가 힘들어졌다. 그는 소년이 덮어둔, 절대 꺼내보고 싶지 않은 무언가를 아무렇지도 않게 들춰냈다. 그것은 소년이 원하는 게 아니었다.

"죄송합니다."

소년은 침묵을 지키는 아버지를 향해 머리를 숙였다.

"네 엄마가 많이 서운해할 텐데."

아버지가 말했다. 소년도 아버지도 그녀가 그냥 넘어가지 않을 거라고 생각했다. 언제나처럼 아버지를 추궁하리라. 그녀는 예상을 빗나가는 법이 없으니까. 그녀는 어김없이 소년의 아버지에게 전화했다. 대뜸, "당신이 가지 말라고 한 거니?" 했다.

"그럴 리가."

"그럼, 걔가 왜 그러는데? 지난 8년 동안 안 그러던 애가 왜 갑자기 그러는데."

침실에서 전화를 받은 소년의 아버지는 휴대폰을 들고 베란다로 나갔다.

"왜, 대답이 없어?"

"수학 학원에 다니겠대."

"그걸 말이라고 해. 혹시 그 집에 무슨 문제 있는 거 아니야?"

"……우린 잘 지내고 있어."

"우린 잘 지내고 있어? 그럼 내가 문제라는 거야! 우리야말로 잘 지내고 있었거든. 거기선 그 여자한테 아줌마라고 한다며? 걔가 여기 오는 거 얼마나 좋아했는지 알기나 해? 도대체 누구한테 뒤집어씌우려고 해!"

뚜- 소리와 함께 통화가 끊긴 휴대폰 창에 오전 1:30이라는 글자가 떴다. 동시에 소년의 아버지 입에서 흐음, 하고 낮은 탄식이 흘러나왔다. 그는 멍하니 서서 창밖을 내려다보았다. 이만하면 행복하다고 생각했다. 친엄마 안 보고 사는 건 자신 하나로 족하니까. 어디선가 취객의 고함이 어둠을 가르고 튀어 올라 그의 등을 떠밀었다. 그는 베란다를 나와 마루를 지나 소년의 방으로 갔다. 소년의 방은 고요했다. 자겠지. 지금이 몇 신데……하면서도 소년의 아버지는 조용히 손잡이를 돌려보았다. 그러나 소년의 방은 잠겨 있었다.

"그분한테 너무 함부로 대하는 거 아닌가요?"

소년의 아버지와 방금 통화를 끝낸 그녀를 향해 고발 씨가 말했다. 헤드폰을 찾기 위해 침대 머리맡을 뒤지던 그녀는 "그분?"하고 되물었다. "아, 그 남자! 그 남자 말도 꺼내지 마. 생각만 해도 재수 없어." 그녀의 대답에 고발 씨가 얼굴을 찡그렸다.

"여기 있네. 냥이 좀 어떻게 해 봐. 이거까지 물어뜯으면 세 개째거든. 이거 수면용이야."

그녀가 헤드폰을 흔들며 신경질적인 목소리로 말했다.

"당신이 잘 보관해요."

"어머, 니 고양이잖아. 주인이 교육을 잘 시켜야지."

"나, 고양이 주인 아니에요. 그리고 다용도실 덧창 닫지 마요. 거기로 미르 들락거려요."

고발 씨는 고양이 주인이라는 말을 아주 싫어했다. 고양이한테 주인이란 있을 수도 없고, 고양이의 주인 행세를 하는 인간이 있다면 그는 멍청하거나 악당이라고 생각했다.

"냥이 얘기만 하면 안색이 변하더라. 알았어, 알았으니까, 그만해."

그녀가 헤드폰을 끼고 누우며 말했다.

"지금 애 생각만으로도 머리 아파 죽겠어. 애는 갑자기 이상하게 구는데 애 아빠란 남자는 바보 같은 소리나 하고. 하긴 그 남잔 옛날부터 그랬지. 진짜 문제가 뭔지 죽었다 깨도 몰라. 그 남자, 날 위해 대단한 희생이라도 하는 것처럼 굴었으니까."

"사실 아니었나요?"

"사실? 그래 남들이 그랬지. 은혜도 모르는 년이라고. 자식 뒷바라지하듯 공부시켜 놓으니까 이혼하자고 덤빈다고. 난 그 남자 자식 아니거든! 희생 같은 거 바라지도 않았거든! 너라면 좋겠니? 누구 희생시켜 가면서 사는 거. 난 역겹더라."

"당신 아들은 좋을까요?"

"뭐?"

"……."

"아, 빈이. 그러니까, 그래서 내가 지금 머리가 아프단 거야. 그 남자가 또 얼마나 자식을 위해 희생하는 것처럼 굴었겠어. 날 닮아서 가뜩이나 예민한 앤데. 그 여잘 아줌마라고 부른다고 했을 때부터 뭔가 이상하긴 했어."

"……."

"그러지 말고, 고발 군이 빈이한테 전화 한번 해 봐. 해 줄 거지?"

그녀가 헤드폰을 벗으며 벌떡 일어났다.

"다른 건 다 생략하고……. 그 애 감정을 당신 마음대로 해석하지 마요. 그 애가 당신을 좋아할 거라고, 확신하지 마요. 거부하지 않는다고 사랑하는 건 아니니까. 그리고 그 애는 당신을 닮지 않았어요. 전혀."

"대체 누가 그런 헛소리를 해."

그녀가 꽥 소리를 지르자, 고발 씨가 헤드폰을 다시 그녀의 머리에 씌우며 대답했다.

"제가요."

지방대학에서 강의를 하는 그녀에게 다음날 오전 수업이 없었다면, 그들의 대화는 밤새 이어졌을지도 모른다. 그러나 그녀는 아침 7시 전에 집을 나가야 했고, 지각하고 싶지 않았다. 그날 밤 헤드폰으로 부족해 수면제를 찾아 먹은 것도 그 때문이었다.

소년은 어느 정도 예상하고 있었다. 그래서 수학 학원으로 그녀가 찾아왔을 때, 수업 중인 자신을 당당하게 불러냈을 때 전혀 놀라지 않았다.

"어머님께서 급한 일이라고 하시던데. 나가 봐. 차에서 기다리신대."

가방을 챙기며 아줌마에게 미안하단 생각을 했을 뿐이다. 그녀는 분명 아줌마에게 전화해서 학원 위치며 전화번호를 캐물었을 것이다. 휴대폰은 꺼두었고, 아버지는 베트남 출장 중이었으니까. 묻지도 않았다. 무슨 일인지.

"네가 안 오니까 내가 왔어. 괜찮지?"

그녀의 첫마디에 소년은 대답했다. "저, 일찍 들어가 봐야 해요."

하지만 그녀는 크게 신경 쓰지 않는 눈치였다.

"우리 맛있는 거 먹자. 어디가 좋을까?"

소년이 조수석에 앉아 안전띠를 매기도 전에 그녀가 말했다.

"가까운 데로 가요."

"그러지 말고, 맛있는 데 가서 먹자. 요즘 고발 군이 아르바이트하랴 지방으로 출사다니랴, 집에서 통 요리를 안 해. 오늘도 꼭두새벽부터 출사 갔어."

그녀는 혼잣말하듯 중얼거렸다.

"……미르는 잘 있어요?"

소년은 포기한 듯 말했다.

"미르? 아, 고발 군 냥이. 걔 요즘 바람났나 봐. 집에 안 들어오던데."

쫓아낸 건 아니고요. 그녀라면 미르를 쫓아내고도 자신이 쫓아낸 줄도 모를 거라고 소년은 생각했다. 몇 년 동안 내가 '엄마'라고 부른 적

이 없다는 건 알까? 소년은 전방을 주시하는 그녀의 긴 속눈썹을 쳐다
보며 얼굴을 찡그렸다.

"잘된 거지 뭐. 걘 밖에서 사는 게 더 재밌을 거야. 걔 원래 길고양이
였잖아."

소년은 기억했다. 그녀는 이혼하면서 아빠하고 살고 싶은지 엄마하
고 살고 싶은지 물었고, 소년이 망설이다가 '아빠'라고 했을 때도 지금
처럼 말했다. 남자끼리 사는 거도 좋지 뭐. 잘 됐네. 엄마는 혼자가 편
해. 대신 한 달에 두 번은 엄마한테 와야 해. 그녀는 몹시 명랑한 목소
리로 말했고, 소년은 고개를 끄덕였다. 처음엔 아버지가, 아버지가
출장 중일 땐 아줌마가, 언제부터인가는 혼자서 엄마네 집에 갔었다.
그녀의 집은 늘 어수선했고, 그녀는 혼자가 아니었다.

"주말이라 길이 막히네. 파스타 어때?"

그녀는 급브레이크를 밟더니 바로 옆 도로변 카페테리아 주차장에
차를 댔다.

소년은 그녀가 주문한 모든 음식―파스타와 피자와 샐러드와 케이
크, 곁들여진 음료까지 꾸역꾸역 먹고 마셨다. 빨리 먹어야 빨리 갈 수
있을 테니까. 그러나 배가 고프다던 그녀는 막상 음식이 나오자 입맛
이 없다며, 커피만 홀짝거렸다. "맛있어? 더 시켜줄까?" 물어 가면서.
소년이 그때마다 고개를 흔들지 않았다면 그녀는 그 카페테리아 메뉴
를 다 주문했을지도 모른다.

"다 먹었으면 우리 얘기 좀 할까?"

소년은 저도 모르게 한숨을 쉬고 말았다.

"저, 오늘 일찍 들어가 봐야 해요."

"그건 걱정하지 마. 벌써 전화했으니까."

그녀는 탁자 위에 손을 모으고 소년의 눈을 지그시 바라보았다. 연극배우처럼.

"빈아, 나도 알아. 네가 평범한 환경이 아니라는 거. 그렇지만 '평범'이라는 건 환상이야. 세상 사람들이 멋대로 그어 놓은 금 같은 거지. 알고 보면 실체가 없어. 바보처럼 얽매일 필요 없어. 무시하면 돼."

그래요, 나는 바보예요. 소년이 어색하게 그녀의 시선을 피했지만 그녀는 아랑곳하지 않았다.

"무슨 말인지 알지?"

소년은 고개를 끄덕였다.

"그래, 그러니까 그 집에 있는 게 힘들면 우리한테 와도 돼. 고발 군이나 나나 언제든 환영이니까."

"전 잘 지내고 있어요."

"나한테까지 그럴 필요 없다니까. 난 네 엄마잖니?"

엄마라는 걸 기억하고는 있군요.

"네 아빠가 어떻게 나올지는 모르겠지만 네가 원한다는데 어쩌겠어."

"엄마?"

소년은 그녀가 놀라기를 바랐다.

"그래. 말해 봐."

그녀는 놀라지 않았다.

"제가 원하는 걸 알고 싶으세요?"

"그럼. 당연하지."

나는 당신이 싫어요. 그렇게 말해도 괜찮은가요?

"괜찮아. 아무 말이든 해."

"……전 이대로가 좋아요. 아버지랑 아줌마랑 있는 거도 편해요."

"그렇지만, 네가 갑자기 그러니까."

"저는, …… 모르시겠지만 수학이 약해요. 더 늦기 전에 수학 성적 좀 올리고 싶어요."

"맞다. 내가 왜 그 생각을 못했을까. 예민한 사람들이 원래 이래. 쉬운 대답을 못 찾아."

그녀는 홀가분한 표정을 지었고, 소년에게 그만 가자고 했다.

돌아오는 차 안에서 소년은 자주 시간을 확인했다.

"왜 이렇게 막히니. 아줌마한테 전화해 줄까?"

"아니요."

그녀는 늘 그랬듯 두 번 묻지 않았다.

"그래, 그럼. 그런데 나야말로 어쩌니. 고발 군이 왔으면 기다릴 텐데. 전화 한번 해 줄래?"

소년이 계속 전화를 했지만 고발 군은 받지 않았고, 그녀는 몹시 초조해했다.

주말 저녁 꽉 막힌 시 외곽도로를 뚫고 그녀의 차가 소년의 집 근처에 도착한 것은 자정 무렵이었다. 그때까지 아홉 번, 고발 군에게 전화를 걸도록 소년을 재촉한 그녀는 소년이 내리자마자 차를 돌렸다.

소년은 아파트 엘리베이터 안에서 아줌마에게 휴대폰 문자를 썼다. **죄송합니다. 제가 늦었습니다.** 하지만 차마 전송 버튼을 누르지 못했다. 이제 와서 죄송하다니. 아침에 아줌마는 조심스럽게 말을 꺼냈었다. 친정아버지 제사에 가는데 내일 아빠도 오고 하니까 혼자 다녀오려고 한다고. 혹시 별다른 약속이 없으면 학원 끝나고 바로 집에 와 줄 수 있느냐고. 절대 일부러 그럴 필요는 없다고. 약속이 없으면 그래줬음 좋겠다고. 소년은 흔쾌히 그러겠다고 했다. 아줌마가 처음으로 부탁한 일이었고, 어려운 일도 아니었다. 강릉에 같이 갔던 친구가 며칠 전부터 영화를 보자고 했지만, 집으로 오라고 하면 될 일이라고 생각했다.

"너, 이 새끼. 이번엔 또 뭔데 이래! 하튼 지 꼴리는 대로 다 하지. 내가 그렇게 만만해."

말은 그렇게 해도 학원 끝나고 전화하면 언제 그랬냐는 듯 달려올 테니까. 그런데 다 어그러져 버렸다. 아줌마는 그곳에서 그녀의 전화를 받았을 테고, 지금쯤 서둘러 돌아오고 있을 것이다. 괜한 부탁을 했구나, 후회하면서. 소년은 현관 번호 키를 누르며 아줌마의 어린 두 딸이 아직 자지 않으면 좋겠다고 생각했다. 어쩌면 아직은 야식집이 영업을 할지도 모르고, 걔들이 좋아하는 족발이라도 시켜 줄 수 있을지 모르니까. 하지만 아이들은 자고 있었다. 스케치북과 종이 인형과 컵라면, 과자 봉지가 나뒹구는 마루에 이부자리를 펴고.

소년은 가방을 뒤져 아줌마가 야식비로 떠맡기듯 쥐어 준 돈을 찾아 식탁 위에 올려놓았다. 어질러진 마루를 치우고, 아이들을 하나씩 안아 침대에 뉘었다. "어, 엄마야." "아니야, 오빠야. 엄마 금방 오신대.

먼저 자." 칭얼대는 아이들을 다독여 다시 재웠다. 아주 오래전에 소년의 아버지가 그랬던 것처럼.

아줌마가 귀가한 것은 소년이 약장에서 찾아낸 소화제를 한 움큼 삼키고, 갈아입은 옷을 세탁실 바구니에 넣고, 샤워를 마친 후 침대에 누워 스탠드 불을 끄려고 할 때였다. 소년은 일어날까, 잠깐 생각하다 그만두었다. 일어나서…… 대체 뭐라고 한단 말인가. 소년은 이불을 뒤집어썼다. 아주 오래전에 잠든 것처럼. 그때 멀리서 아줌마의 목소리가 들려왔다.

"오늘 고생했어. 고맙구나. 잘 자라."

소년은 이를 앙다물었다. 그러나…… 귓바퀴를 타고 눈물이 흘러내렸다.

"그냥 말해 버려. 난 당신이 싫다! 여기 오는 것 엿 같다! 그게 니 진심이잖아?"

고발 씨는 그렇게 말했었다.

"누가 그래요. 내가 그렇다고?"

소년은 흥분하고 싶지 않았다. 어쩌면 고발 씨는 농담을 하는 건지도 모른다고 생각했다. 갑자기 전화해서 수영장에 가자고 했을 때도 농담인 줄 알았으니까. 고발 씨는 들고 있던 수영 가방을 빙 돌리더니, 한 손으로 소년의 어깨를 잡았다.

"곪은 건 터트려야 해."

"왜 이러세요?"

소년은 고발 씨의 손을 뿌리쳤다. 그러나 고발 씨는 다시 소년의 어깨를 잡았다.

"알아, 알아. 넌 스스로 잘하고 있다고 생각하겠지. 나도 그랬거든. 비뚤어지고 반항하는 애들하곤 다르다고 생각하겠지. 그렇지만 관계는 견디는 게 아니야. 특히 부모 자식은. 자식이 견디면 부모라는 눈먼 족속들은 괜찮은 줄 알거든, 좋은 줄 알거든."

이번에는 소년이 고발 씨를 밀쳤다.

"이렇게 밀어. 더 세게 밀어. 아빠가 가라면 가고 엄마가 오라면 오고 그게 뭐니. 싫으면 싫다고 해! 터뜨려! 네가 부모를 참아줘야 한단 생각 따위 집어치워. 도대체 네가 왜, 니 부모를 등에 지고 사는데. 어떤 상황에서도 의젓하게 굴겠단 허세 따위 집어치우라고."

"제발, 그 입 다물어요."

소년은 양손으로 귀를 틀어막았다.

"겁낼 거 없어. 넌 무죄야. 넌 지금까지 너무 애썼어. 그래서 위험해."

"내 말 안 들려요? 그만두라고요!"

"이봐요, 빈 씨. 부디, 바보처럼 살지 마요."

"제발, 그 입 다물고 꺼지라고요!"

소년은 쉽게 잠들지 못했다. 악몽처럼 고발 씨의 목소리가 되살아났고, 모든 것이 잘못될 것만 같은 불안감에 사로잡혔다. 그래서는 안 돼. 소년은 어둠 속에서 몇 번이고 몸을 뒤챘다. 그러나 그날 밤 쉽게 잠들지 못한 건 소년만이 아니었다. 지방 소도시 여관방에 누워 어디론가 떠나버린 고양이 미르 생각을 하는 한 남자도, 그 남자에게 전화가 올

111

까 봐 헤드폰을 끼지도 못하고 울리지 않는 휴대폰을 손에 쥐고 누워 있는 한 여자도, 옥탑방에서 성질 더러운 친구에게 먼저 사과 문자라도 보내야 하나 망설이는 한 소년도, 베트남의 허름한 숙소를 서성대는 한 남자도, 식탁 위에 놓인 5만 원권 지폐를 발견한 한 여자도 잠들지 못한 채 조용히 어둠을 응시하고 있었다.

신여랑

올봄에 제주도로 이사를 했다. 내가 이렇게 물(바다)을 좋아하는지 몰랐다. 거대한 물 앞에서 내 몸이 들썩인다. 무모해져도 좋아! 까짓, 해버려! 물의 말이 들린다. 이토록 가슴이 요동치는 걸 보면 나는 아직 늦지 않았는지도 모른다. 미치도록 근사한 글을 쓰기에.
고등학생 비보이들의 이야기 『몽구스 크루』로 사계절문학상을 받으며 등단했다. 그동안 낸 책으로 『자전거 말고 바이크』 『이토록 뜨거운 파랑』 등이 있다.

● **1.** 다음 빈칸에 빈이와 심리적 거리가 가장 가까운 인물을 순서대로 적고 그렇게 생각한 까닭을 말해 봅시다.

엄마, 아빠, 고발 씨, 아줌마

해당 인물		이유
가깝다 ↑↓ 멀다		

2. 빈이와 처음 만난 자리에서 고발 씨는 "나는 붙박이가 싫어. 사람이든 직업이든 관계든, 미리 정하지 말자."라고 말합니다. 빈이는 고발 씨의 이런 거침없음이 자신을 흔들고 있다고 생각하지요. 그렇다면 '미리 정하지 않는' 고발 씨와 달리 빈이가 '정해 놓은' 것은 어떤 것인지 써 봅시다.

• 엄마는 _____

• 아빠는 _____

• 나는 _____

3. 고발 씨는 빈이에게 "그냥 말해 버려. 난 당신이 싫다! 여기 오는 것 엿 같다! 그게 니 진심이잖아?"라며 더 이상 부모님이 떠미는 대로 행동하지 말고 자신의 의견을 피력하라고 말합니다. 하지만 빈이는 여전히 소화제를 삼키면서도 엄마와의 만남을 견뎌낼 뿐이지요. 빈이가 고발 씨의 말처럼 하지 않는 이유는 무엇일까요? '늘 웃으려고 하는' 빈이의 태도에 대해 여러분은 어떻게 생각하는지 말해 봅시다.

4. 혹시 소설 속의 빈이처럼 가족이니까 무작정 참아야 했던 적이 있었나요? 그 상황과 그때의 심정을 떠올려 보고, 나를 힘들게 했던 가족에게 내 마음을 털어놓는 짧은 편지글을 써 봅시다.

5. 가족이 아닌 다른 사람에게서 가족보다 더 큰 위안을 받은 적이 있었나요? 친구들과 함께 이야기해 봅시다.

6. 다음은 영화 〈가족의 탄생〉의 줄거리입니다. 여기에는 우리가 섣불리 생각하지 못하는 다양한 형태의 가족이 등장합니다. 이를 읽고 우리가 '가족'이라고 부를 수 있는 조건과 우리 시대의 가족관에 대해 이야기해 봅시다.

> 미라와 형철은 남이 보면 연인이라 오해할 정도로 다정하고 각별한 남매이다. 그러나 방랑벽을 가진 형철은 누나를 남겨둔 채 떠나고, 군 제대 후 5년의 세월이 지나 불현듯 미라를 찾는다. 미라는 5년 동안 소식 없던 동생의 갑작스러운 등장에 놀라움과 반가움을 감추지 못한다. 그러나 형철은 혼자가 아닌, 스무 살 연상의 여인 무신과 함께이다. 미라는 무신의 등장에 당황하지만 동생의 사랑을 이해하려 노력하며 형철과 그의 부인 무신과의 어색한 동거를 시작한다. 그리고 서서히 서로에게 적응해 나가던 중, 무신 전 남편의 전 부인의 딸이라는 복잡한 관계의 아이가 무신을 엄마라 부르며 찾아오면서 그들의 관계는 다시 한 번 위기를 맞게 된다. 미라는 형철에게 아이를 제 부모에게 데려다 주고 떠나라고 하지만, 결국 아이는 미라와 무신과 함께 남게 되고 형철은 다시 집을 나간다.
>
> 한편, 현실주의자 선경은 남자관계가 복잡한 엄마 매자와 끊임없이 대립한다. 앞뒤 보지 않고 사랑만을 중히 여기는 엄마와 대립하던 선경은 고등학

교 졸업 후, 애 딸린 유부남을 사랑해 집을 나간 엄마의 존재를 지운 채 홀로 지낸다. 그러던 어느 날 엄마의 애인이 찾아와 엄마의 시한부 인생을 알리는데, 이에 선경은 싸늘하게 "나, 울어야 돼요?"라고 물을 뿐이다. 그럼에도 선경은 엄마를 찾아가고, 매번 다투면서도 계속 찾아간다. 엄마가 애인과의 사이에서 아들 경석을 낳았다는 사실은 더더욱 충격적이다. 그러던 중 엄마의 부탁으로 경석의 유치원에 대신 가 운동회에 함께 참여하면서 경석과 차츰 가까워지게 된다. 선경은 엄마가 세상을 떠난 뒤, 아버지가 다른 동생 경석을 거둬 엄마에게 못 다한 사랑을 쏟으며 극진히 길러낸다.

세월이 흘러 대학생이 된 경석과 동갑내기 연인 채현은 너무 다른 성격으로 잦은 갈등을 일으킨다. 엄마를 일찍 여읜 경석은 채현에게 많은 사랑과 관심을 바라지만, 마음 착하고 인정 많은 채현은 주변 사람들에게 사랑을 나눠주느라 정작 자신이 가장 사랑하는 경석을 외롭게 한다. 가족이든, 연인이든, 친구든, 잘 모르는 사람이든 간에 누구에게나 친절한 채현은 심지어 아는 사람의 아이를 찾아주느라 경석과 경석의 누나와 만나기로 한 약속도 잊을 정도이다. 이런 채현을 보며 너무 무심하다고 느낀 경석은 채현에게 마음에도 없는 이별을 고하고, 마지막 이별 여행에서조차 채현은 여전히 주변 사람들을 걱정하고 돈을 빌려주느라 여념이 없는 모습을 보인다.

마지막으로 바래다 주기 위해 찾아간 채현의 집은 바로 무신과 미라의 집이었다. 경석을 발견한 미라의 권유로 밥 한 끼 하기 위해 들어간 채현의 집에서, 채현은 미라와 무신을 엄마들이라고 부르고 있었다. 식사 후 함께 텔레비전을 보며 경석은 텔레비전에 나오는 선경을 발견, 자신의 누나라며 채현의 가족들에게 소개한다. 이렇게 그들은 새로운 가족으로 탄생한다.

산수유

- 김종일

읽기 전에

　　"공부 열심히 해야지." "왜요?" "좋은 대학 가야지." "왜요?" "좋은 직장에 들어가서 돈 많이 벌어야지." "돈 많이 벌어서 뭐하게요?" "그래야 네가 행복하게 살 수 있어."

　세상 모든 부모는 자신의 아이들이 이 험난한 세상의 파도를 잘 헤쳐 나가길 바랍니다. 그래서 끊임없이 잔소리하고 간섭하지요. 심지어 장래 희망까지도 정해 줍니다. 그러다 보니 내 마음을 이해해 주지 못하고 말도 통하지 않는 부모님이 답답하기만 하고, 부모님의 간섭과 잔소리를 벗어나 확 가출이라도 하고만 싶습니다. 부모님이 우리를 사랑해서 하는 말이라는 걸 잘 알기에 더 답답하고 우울하지요.

　이 소설은 미래를 두고 엄마와 갈등하는 딸의 이야기입니다. 예지는 성적도 꿈도 엄마와 다릅니다. 엄마의 기대에 부응하지 못해 자괴감에 빠지기도 하지요. 부모님의 사랑과 인정을 받고 싶지 않은 사람이 과연 있을까요? 성적이 잘 안 나와도, 이성 친구가 생겨도 가장 먼저 떠오르는 건 부모님 얼굴입니다. 걱정시켜 드릴까 봐 숨기고, 실망시켜 드릴까 봐 눈치를 봅니다. 어떻게 하면 부모님에게 내 마음을 전할 수 있을까요? 부모님께서 내가 뭘 해도 말 없이 믿어 주고 기다려 준다면 얼마나 좋을까요? 소설을 읽으며 나의 꿈과 부모님의 꿈이 만날 수 있는 방법은 무엇인지 고민해 봅시다.

산수유

◇◇◇

선생님, 혹시 벌써 봄이 온 게 아닐까요?

설마요, 이제 겨우 1월 초순인걸요. 근데요, 오늘은 정말이지 그런 착각이 들었다니까요. 날씨가 꼭 봄날 같아서요. 엊그제만 해도 아침 저녁으로 교복 위에 패딩 점퍼랑 레깅스로 무장하지 않으면요, 온몸이 진동하는 핸드폰 안 부럽게 덜덜 떨렸거든요. 근데 그게 언제였나 싶게 햇볕이 따스하고 바람도 산들거려서 얇은 카디건 하나에 스타킹만으로도 거뜬할 것 같은 거예요. '어? 혹시 이대로 봄 아냐?' 싶을 정도로요.

"야야, 저거 개나리 아냐, 개나리?"

영미가 창 너머 나뭇가지에 걸려 나풀대는 노란 천 조각을 보고 그렇게 호들갑을 떨었으니 말 다 한 셈이죠. 교실 창가 쪽에 앉은 애들은 봄날 오후 시골 앞마당서 햇볕 쬐는 닭처럼 꾸벅꾸벅 졸았고 저는 수업 시간 틈틈이 교과서 밑에 알랭 드 보통의 『불안』을 깔아 놓고 몰래 몰래 읽었답니다. 사실 보충 학습 땐 공부에 목숨 건 애들 아니면 대개 건성건성 해요. 선생님들도 어느 정도까진 용인해 주는 편이고요. 아무튼 그 책요, 선생님께서 추천해 주셨는데 혹시 기억하세요?

"우리 인생이 왜 불안의 연속일 수밖에 없는지 알려 주는 책이야."

선생님의 그 추천사도 생생해요. 그래서 기억해 뒀다가 그 다음날

시내 나간 김에 서점서 샀죠. 한동안은 못 읽었어요. 참고서와 자습서에 치여 책장 구석에서 먼지만 쌓이는 찬밥 신세였거든요. 그러다 어제야 비로소 큰맘 먹고 그 책을 빼든 이유는 요즘 제 마음이 이래저래 불안하기 때문일 거예요. 읽어 보니 선생님께서 왜 그 책을 추천하셨는지 짐작이 가더라고요. 특히 눈에 확 들어오는 구절이 있었어요.

'나이가 들면서 애정은 성취와 관련을 맺기 시작한다. 예의를 지킨다든가, 학교나 다른 곳에서 좋은 성과를 거둔다든가, 계급이나 명성을 얻는 일이 중요해지는 것이다.'

와우, 그 구절이 빛의 속도로 날아와 제 심장에 팍 꽂혀서 하루 종일 웽웽 맴도는 거 있죠. 요즘 제 상황을 꼭 블랙박스 같은 걸로 들여다보고 한 말 같아서요. 덕분에 쉬는 시간마다 옆에 와서는, 표지가 이게 뭐냐, 벌건 표지에 변태같이 생긴 대머리 아저씨가 침대에 앉아 있는 꼴이 안 봐도 19금이다, 다 보면 빌려 주라, 어쩌고저쩌고 떠드는 영미의 오지랖도 무심히 넘길 수 있었죠. 알랭 드 보통의 말대로 엄마가 예전처럼 저를 사랑해 주지 않는 이유도 어쩌면 엄마가 커트라인으로 그어 놓은 '성취'에 제가 다다르지 못했기 때문일지도 몰라요. 윤리 시간엔 부모가 자식에게 쏟는 내리사랑이 무조건적이라고 가르치지만 요즘 엄마들이 어디 그런가요? 전요, 부모 자식 간의 사랑도 지극히 조건적이라고 봐요. 커트라인 안에 들면 합격, 못 들면 불합격인 거죠.

선생님, 요즘 우리 반 아이들한테 가장 인기 있는 책이 뭐냐면요, 『성균관 유생들의 나날』과 『규장각 각신들의 나날』이에요. 애들은 재미있다고 난리인데, 전 솔직히 내용을 떠나서 그 소설들 제목만 봐도 숨이 턱 막혀요. 성균관이니 규장각이니 하는 데도『불안』의 저 구절대로 '좋은 성과를 거'두거나, '명성을 얻'은 소수의 엘리트만 소속될 수 있었던 정예 기관이잖아요. 공부랑은 담을 넘어 아예 벽을 쌓고, 장래 포부는커녕 장래 포기로 하루하루를 살아가는 저하곤, 조선 시대랑 21세기만큼 거리가 먼 얘기죠. 그래서 그런지 엄마는요, 저만 보면 한숨부터 쉬어요.

"아우, 속 터져. 진짜 답이 없는 애다, 너. 애가 어쩜 그렇게 생각 없이 사니?"

오늘도 엄만 팔자 모드로 저한테 그런 소릴 했어요. 팔자 모드가 뭐냐면요, 엄마가 뭔가 되게 못마땅할 때 눈썹을 여덟 팔자 모양으로 찌푸리는 모양이에요. 사실 그렇게 정색할 일도 아니었어요. 전 그저 등굣길에 집을 나섰다가 깜박하고 두고 온 물건이 생각나서 딱 두 번 집을 들락거렸을 뿐이거든요. 처음에 핸드폰을 가지러 집에 들어섰을 때 엄만 주방에서 설거지를 하면서 돌아보지도 않더라고요. 그 다음에 엠피쓰리를 가지러 들어갔더니 냉장고에 반찬통 넣다 말고 한숨을 푹 쉬곤 냉장고 문을 꽝 닫는 거예요. 그리고 저를 휙 돌아보더니 그러더라고요. 네, 틀린 말은 아니란 거 저도 잘 알아요. 다 이놈의 조기 치매 때문이죠. 요즘 왜 이리 정신이 없는지 저도 진짜 모르겠어요. 근데요, 엄마가 시베리아 벌판 같은 얼굴로 툭 던지는 그런 말 한마디가 제 가슴을 막 후벼 파요. 후벼 파기만 하면 좋게요, 가슴에 아주 대못을 꽝꽝 박아요. 제가 상처받은 티를 내면 엄마가 의기양양해할지도 모르니 겉으로는 애써 태연한 척하지만 그럴 때마다 얼마나 힘든지 몰라요.

이렇게 컴 앞에 앉아 선생님께 이메일을 쓰고 있는 동안에도 엄마가 다녀갔어요. 노크도 없이 제 방문을 빠끔 열고 방 안을 들여다보더니 고개를 설레설레 내젓더라고요.

"조용히 뭐하나 했더니…… 니가 그럼 그렇지. 어휴, 속 터져. 인터넷을 확 끊어 버리든가 해야지."

그렇게 속을 후비곤 방문을 쾅 닫아 버렸어요. 역시 울 엄마! 사람 속 후비기 선수권 대회에 나가면 1등은 따 놓은 당상이에요. 하지만 상관없어요. 선생님께 이메일을 쓰는 이 순간이 제게는 더없이 평온하고 즐거우니까요.

"야, 그 좋은 카톡이니 문자 놔두고 요새 누가 메일을 쓰냐? 촌스럽게……."

언젠가 컴퓨터실에서 이메일을 쓰는 저한테 영미가 그런 말을 한 적이 있어요. 맞아요. 요즘 이메일을 쓰는 아이가 거의 없어요. 다들 스마트폰만 들여다보고 살죠. 근데 전 스마트폰이 오히려 아이들을 바보로 만드는 '스튜피드폰' 같아요. 감정 표현을 'ㅋㅋㅋ' 아니면 'ㅜㅜㅜ'로밖에 할 수 없는 바보. 전 그런 바보가 되고 싶지 않아요. 촌스러우면 어때요, 나만 좋으면 되지.

선생님, 마지막으로 뵌 지도 벌써 이 년이 지났네요. 선생님이 그리워요. 언제나 삐딱하면서도 정겨운 말투로 제자들을 웃겨 주시던 선생님. '예지 너를 볼 때마다 십 대 때 내 모습을 보는 것 같다.'라고 말씀하시며 제 어깨를 다독여 주시던 선생님. 학원에서 가장 인기가 많아 쉬는 시간마다 아이들에게 에워싸여 계시던 그 모습이 지금도 눈에 선

산수유

해요. 가만히 귀 기울이면 선생님의 목소리가 들릴 것만 같아요. 손을 뻗으면 선생님의 얼굴, 늘 수염으로 거칠거칠하던 그 얼굴이 만져질 것만 같아요. 학원을 그만둔 지도 오래되었는데 선생님만은 또렷이 생각이 나요.

선생님, 이제 전 고2가 돼요. 지난 일 년을 돌이켜 보면 학교, 집을 오간 기억밖에 없어요. 앞으로는 더 힘들어질 테지요. 올해가 지나면 고3. 아아, 출구가 보이지 않는 캄캄한 터널로 접어든 기분이에요. 부디 제게 이 터널을 헤쳐 나갈 용기를 주세요, 선생님.

선생님, 우울해요. 어제까지만 해도 참 좋았던 햇볕이 오늘은 어디로 숨었는지 통 보이지 않네요. 기온은 급강하했고 하늘은 먹을 탄 물처럼 흐리기만 해요. 제 기분처럼 회색이에요, 이보다 더 짙을 수 없는 회색. 전요, 아주 어릴 때부터 회색이 검은색보다 더 싫었어요. 그래서 크레파스나 물감을 사면 회색은 쓰지도 않고 휴지통에 버렸어요. 그 색이 제 도화지에 우울하고 칙칙한 흔적을 남긴다는 상상만 해도 진저리치게 싫었거든요. 전 빨강이 좋아요. 그 생기 넘치는 색을 보고 있으면 절로 힘이 나요, 살아 있다는 실감이 들어요. 다른 애들은 분홍색을 좋아하지만 저는 그 말랑말랑하고 달짝지근한 색보다는 강렬하고 정열적인 빨강이 훨씬 좋아요. 그래서 제 옷 색깔도 대개 빨강 계통이에요. 오죽하면 어릴 때 제 별명이 '빨간 망토 차차'였다니까요. 그런데요, 선생님, 오늘 제 하루는 내내 회색이었어요. 보충학습 1교시부터 진눈깨비가 날리더니 바람도 차고 사방이 밤처럼 어둑어둑해졌어요.

"우우, 귀신 나오겠네."

영미가 그렇게 호들갑을 떨었는데 마침 창문까지 덜컹거리면서 호러 무드가 조성되니 아이들이 일제히 비명을 질러대더라고요. 하지만 저는 아무렇지도 않았어요. 그냥 이대로 하늘이 무너져 내리고 세상이 멸망해 버린다고 해도 놀랍지도, 두렵지도 않을 정도로 우울했거든요. 아빠가 아침상에서 운을 뗀 게 화근이었어요.

"가고 싶은 대학이나 전공…… 생각해 둔 데 있니?"

엄마도 찌개를 뜨다 말고 제 얼굴을 빤히 쳐다봤죠. 이렇다니까요. 평소 회사 일에 치여 가족사엔 참견할 여유도, 여력도 없는 아빠는 꼭 이렇게 결정적인 순간에 안 해도 될 말을 꺼내요. 그럼 엄마가 어떻게 나올지 뻔히 알면서도요. 그렇다고 제가 뭐라고 입만 뻥끗하면 눈에 쌍심지부터 켜는 엄마에 맞서 지원사격을 해주냐, 그것도 아니거든요. 그걸 뻔히 알기에 전 애꿎은 밥알만 젓가락으로 헤집었어요. 그러다 저를 둘러싼 엄마 아빠의 침묵과 눈빛이 못내 부담스러워서 고개를 가로저으면서, '아직요.'라고 대답했죠. 엄마는 절 보다 콧방귀를 픽 뀌며 말했고요.

"니가 그럼 그렇지."

선생님, 엄마는 저 어릴 때부터 사(士) 자로 끝나는 직업을 해서 제가 우리 집안을 일으켜야 된다고 제 귀에 못을 박았어요. 아마 자장가를 불러 주거나 동화책을 읽어 준 시간보다 그 이야기를 앵무새처럼 되풀이한 시간이 훨씬 더 많았을 거예요. 아아, 이름만 떠올려도 따분하고 권태로운 의사, 판사, 변호사! 물론 저도 중학교 때까진 엄마의 기대에 부응하려고 애썼어요. 어릴 때 장래희망을 적어내라고 하면 꼭 그 거창한 직업 중 하나를 써 냈고요. 동화책이나 소설책 대신 교과서와 교재만 파고 살았어요. 읽어도 무슨 말인지 이해할 수도 없는 법학개론이니 형법총론이니 기초의학이니 하는 두툼한 책들을 뒤적이며 그 책 속에 난무하는 생소한 단어들을 유창하게 쓰는 미래의 저를 상상하기도 했죠. 중학교 때까지 제 장래 전공의 선택지에는 의예과와 법학과 외에는 없었다니까요.

그런데요, 선생님, 이젠 그 모든 게 시들해졌어요. 엄마가 정해 놓은 장밋빛 인생 따위는 관심이 없어요. 아니, 떠올리기만 해도 가슴이 갑갑해요. 솔직히 요샌 제가 뭘 하고 싶은지도 모르겠어요. 그냥 막연히 글을 쓰고 싶다는 생각만 들 뿐이에요. 하지만 그런 말을 꺼냈다간 엄마가 어떻게 나올지 몰라요. 전요, 엄마라는 이름의 거대한 '넘사벽'을 넘을 수가 없어요. 외동딸인 저에게 모든 기대와 바람을 걸었던 엄마는 제가 고등학교에 입학한 후로 교과서나 교재보다 소설이나 희곡을 파기 시작하자, 저를 외면하기 시작했어요. 어르고 달래도 안 되고, 혼내고 닦달해도 안 되니 어느 날부터는 아예 대놓고 무시하더라고요. 애지중지하던 금지옥엽이 하루아침에 천덕구니로 전락한 거죠. 그런 엄마 앞에서 어떻게 글을 쓰고 싶단 소릴 하겠어요? 맞아죽을지도 모르는데…….

"전에 보니까 더러 글도 쓰는 거 같던데……."

오늘 아침에도 아빠가 그렇게 슬쩍 운을 떼자마자, 대번 엄마가 도끼눈을 뜨고 언성을 3옥타브로 높였어요.

"미쳤어, 당신? 글 써서 뭐 해 먹으려고? 굶어 죽기 딱 좋지."

아니나 다를까, 엄마는 난공불락 요지부동이었어요. 고집불통 선수권 대회에 나가면 1등은 따 놓은 당상이에요. 외식을 나가도 메뉴를 선택하는 사람은 언제나 엄마예요. 아빠나 제 의견은 물어보지도 않죠.

엄마의 서슬 퍼런 핀잔에 머쓱해진 아빠 그냥 한번 해 본 말이라고 얼버무렸어요. 네, 아빠는 제 편이지만 엄마한텐 상대가 안 돼요. 엄마를 설득하거나 엄마의 아집을 꺾을 정도의 힘이나 권한은 아빠한테 없으니까요. 아빠 제법 배경 좋은 장인어른 덕에 지금 다니는 대기업에 낙하산 채용이 됐대요. 그래서인지 항상 엄마 눈치를 봐요. 그러니 우리 집 실세가 기 센 엄마일 수밖에요. 만일 제가 멋모르고 아빠의 장단에 맞춰 제 속마음을 술술 털어놓았더라면 아마 엄마 앞에서 머리 풀고 석고대죄라도 해야 했을 거예요. 그렇게 제 뒤통수에 도깨비바늘처럼 붙어 떨어지지 않는 엄마의 시선을 느끼며 집을 나섰으니 하루 종일 우울할 수밖에요. 거기다 날씨까지 칙칙하니 짜증 제대로죠.

선생님, 제가 어떻게 해야 할까요? 어떻게 해야 엄마한테 제 뜻을 전하고 관철시킬 수 있을까요? 남들이 보면 배부른 넋두리일지도 모르지만 제게는 너무나도 버거운 고민거리예요. '전 엄마가 정해놓은 길이 아니라, 제가 가고 싶은 길로 갈래요!'라고 충격 선언하고 막무가내로 밀고 나간다면 또 모르죠, 엄마가 백기를 들지도. 하지만 그렇게 되면 엄만 평생 절 안 볼지도 몰라요. 아마도, 아니, 틀림없이. 그래서 차마 그렇게는 못하겠어요. 그분은 저를 낳아 준 어머니이고 저는 그분을 사랑하니까요. 그러니 하루하루가 첩첩산중 오리무중일 수밖에요.

산수유

"하고 싶은 일하며 살기가 말처럼 쉽지 않아. 나이가 들수록 특히 그렇지. 일단 먹고사는 일부터 해결해 놓고 나중에 여력이 되면 슬슬 하고 싶은 일 하라고들 하는데 먹고사는 일에 얽매이다 보면 결국 거기에 치여 슬슬 꿈을 접게 돼. 설령 나중에 여유가 생긴다 해도 그때쯤이면 예전에 내가 하고 싶었던 일이 뭐였는지도 어렴풋해져. 그렇게 늙어가는 거지."

선생님께서 그렇게 말씀하셨던 어느 저녁이 생각나요. 아마 민태원의 「청춘예찬」을 가르치시던 중이었을 거예요. 그때처럼 선생님 얼굴이 쓸쓸해 보였던 적이 없었어요. 제가 앞으로 하고 싶은 일을 하며 살겠다고 결심하게 된 결정적인 계기가 바로 그 순간이었죠.

선생님, 전 그래요, 그저 제가 하고 싶은 일을 하고 싶을 뿐이에요. 그게 뭔지 아직 확실하진 않지만 그래도 엄마가 멋대로 정해 놓은 장밋빛 인생이 아니란 것만은 확실해요. 그렇다고 공부를 안 하겠다는 것도 아닌데 엄마는 왜 그렇게 저를 못 미더워하는지 모르겠어요. 솔직히 지금까지 살아오면서 제 뜻대로 한 일은 하나도 없었어요. 학교도, 학원도 그래요. 아무리 가고 싶지 않은 날도 엄마 눈치를 보다 가방을 메고 집을 나서야 했죠. 마음에도 없는 과외를 받고, 하기 싫은 레슨을 받고. 언제나 제 등 뒤에는 팔짱을 끼고 절 노려보는 엄마가 서 있어요. 이젠 싫어요. 엄마가 정해놓은 탄탄대로보다는 가시밭길이라도 제가 택한 길을 가고 싶어요. 엄마 인생이 아니라, 제 인생이잖아요.

엄마랑 진지하게 대화를 하고 싶어요. 후회할 때 하더라도 내가 하고 싶은 일을 하고 후회하겠다고 외치고 싶어요. 하지만 엄마는요, 제가 입만 열어도 무조건 웃기지 말라고 딱 잘라 버려요. 그럴 때 엄마의 얼굴은 금속성의 회색이에요. 만져 보면 체온이라곤 1도도 느껴지지 않을 거란 생각이 들 정도로, 얼굴만 마주쳐도 소름이 돋을 정도로 차가운 회색. 선생님, 제가 정말 못된 아이인지는 모르지만 가끔 그런 생각이 들 때도 있어요. 그럴 때 엄마는 꼭 「라푼젤」에 나오는 마녀 같다는 생각, 「백설공주」에 나오는 계모 왕비 같다는 생각.

제가 너무 푸념만 늘어 놓았죠? 하지만 저는 지금 너무 힘든걸요. 제 자신을 어찌해야 할지도 모르겠고, 이대로 꼭두각시처럼 마냥 엄마의 뜻에 따르는 게 옳은 길인지도 모르겠어요. 아아, 인생에 모범 해답이 있다면 고민 없이 그대로 따르겠건만!

선생님과 대화를 하면 나아질 것 같아요. 선생님이라면 묘안과 조언을 조곤조곤 들려주실 것 같아요. 더 많은 이야기를 하고 싶지만 곧 과외 선생님이 오실 시간이라 줄여야 할 것 같아요. 책을 읽느라 과외 숙제도 미처 못했지만 상관없어요. 단지 지금 제 뒤에서 저를 죽어라고 노려보는 엄마의 눈초리가 힘겨울 뿐이죠. 그럼 이만 쓸게요.

부쩍 추워진 날, 슬픈 예지 올림.

선생님, 벌써 2월이에요. 해 놓은 건 아무것도 없는데 시간만 째깍째깍 잘 가요. 그럴수록 자꾸만 예전 생각이 나요. 선생님도 무척 그립구요. 감옥 독방 안에 쪼그리고 앉아 창살 너머를 바라보며 바깥 생활을 그리는 죄수처럼 마냥 예전 생각만 해요. 엄마가 제게 살가웠던 어린 시절, 엄마가 세상에서 가장 좋았던 그 시절, 엄마 품에 안기면 부러울

산수유

게 없었던 시절, 지금처럼 온갖 잡다한 골칫거리가 없었던 그 시절요. 덕분에 늘 넋이 반쯤 나가 있어요.

"맛 갔네, 아예 갔어. 김 간호사! 이 환자 주사 한 대 놔 줘요."

오늘도 교실 창밖을 멍하니 내다보는데 영미가 제 눈앞에 손사랫짓을 하더니 혀를 쯧쯧 차면서 그렇게 말했어요. 하지만 그런 실없는 농담을 받아주기에는 제 마음에 여유가 너무 없었죠. 선생님, 저는 요즘 아무런 목적도, 의미도 없이 하루하루를 주어진 일과대로 맥없이 살고 있어요. 앞으로도 이렇게 무의미한 생활을 반복할까봐 걱정돼요. 공부를 열심히 하지도 않고, 그렇다고 예전처럼 책을 파지도 않고요. 웃음도 점점 사라져 가고, 느는 것은 그저 잡념뿐이에요.

이러다 대학이나 갈 수 있을지 모르겠어요. 이런 식으로 계속 나가다 보면 머지않아서 사고나 치지 않을까 걱정이 돼요. 차라리 더 늦기 전에 실업계로 전학을 가 버릴까 하는 생각까지 들 정도예요. 글은 한 줄도 써지지 않고 입술만 바싹바싹 말라요. 헛된 꿈이 이따금 황량한 머릿속을 건초 더미처럼 굴러다녀요. 정말이지 이러다간 미쳐 버릴지도 모르겠어요. 아침에 집을 나와 밤늦게 들어가지만 침대에 누워 가만히 떠올려 보면 학교에서 무얼 배웠는지는 전혀 기억이 나지 않아요. 책도 통 눈에 들어오지 않고 먹고 싶은 것도, 갖고 싶은 것도 없어요. 이렇게 살다가 제 인생을 망치는 게 아닐까요? 선생님도 고2 때 이러셨나요? 에이, 설마요.

전에는 가만히 앉아만 있어도 온갖 글감들이 비눗방울처럼 머리 위로 방울방울 떠올랐는데 요즘은 한 줄도, 아니, 한 단어도 떠오르지 않아요. 좀비처럼 아무 생각 없이 학교만 왔다 갔다 하다가 아예 회생 불가능하게 망가질 것 같아서 두려워요. 남보다 뛰어난 건 감수성밖에 없다고 자부하며 살아왔는데 그 자부심마저 망상이었는지도 모른다는 의심이 들기 시작했어요. 이러다 결국 허공에 떠도는 돈을 그러쥐려고 남들과 아귀다툼을 하며 아등바등 살게 될지도 몰라 불안해요. 아아, 그렇게 사느니 차라리 죽는 게 나을 것 같아요. 세상에, 아직도 이런 유치한 불안과 공포 속에 허우적대는 제 자신이 얼마나 한심한지 몰라요. 정말이지 저는 크려면 아직 멀었어요. 제가 생각해도 그래요. 아아, 이럴 때 어른들은 술을 마시나 봐요. 예전에 친구들이랑 장난삼아 마셔 보거나 부모님이 주시는 술 몇 잔을 받아 마시긴 했지만 사실 전 술이 무슨 맛인지도 모르겠거든요. 법적인 성인이 되어야 술집이라도 드나들죠.

휴, 이렇게 힘들 때마다 선생님을 찾게 되네요. 어제 선생님께서 보내주신 답메일을 읽다 눈물을 흘렸어요.

'김종길의 시「성탄제」에서 '붉은 산수유 열매'는 아버지의 헌신적인 사랑을 의미한다고들 하지만, 넓게는 사람이 온갖 고통과 시련 속에서 피워낼 수 있는 성취나 성과라고도 볼 수 있지 않을까 싶구나.'

그리고 선생님께서 들려주신 진주조개 이야기요. 조개껍질이 열려 있을 때 미세한 모래알이 그 틈새로 들어와 조갯살 속에 자리를 잡는데, 모래알을 털어낼 수 없는 조개는 수년간의 고통 속에 그 모래알을 자신의 껍질로 층층이 덮어 진주로 탈바꿈시킨다는 그 말씀이 얼마나 와 닿았는지 몰라요. 선생님, 저는 언제쯤 저만의 산수유 열매를, 저만의 진주알을 빚어낼 수 있을까요? 저를 쓸고 가는 칼바람이 제 가슴을 너무나 시리게 해서, 제 가슴속에 들어와 박힌 모래알이 저를 너무나 아프게 해서 점점 자신이 없어져요. 하루 종일 그런 생각밖에 안 들어요.

'도대체 나는 뭔가, 나는 뭐가 그리 문제가 많을까.'

선생님, 전 지금 피시방에 와 있어요. 더는 참을 수 없어서 짐까지 싸들고 집을 뛰쳐나와 버렸어요. 오늘 하루는 정말 엉망진창이었어요. 늦잠을 자는 통에 지각할까 봐 정신없이 뛰다 핸드폰을 아스팔트 위에 떨어뜨려서 액정에 금이 갔고요, 점심시간에는 가슴에 우유를 쏟았어요. 국어 시간에는 『불안』을 읽다가 선생님께 들켜 책을 압수당했고요, 영어 시간에는 넋을 놓고 있다가 선생님께 야단을 맞았어요. 하루가 그렇게 끝나가나 싶었는데, 아니나 다를까, 엄마는 저를 실망시키지 않고 오늘의 대미를 화려하게 장식해 줬어요. 집에 돌아와 선생님께 이메일을 쓰다 아빠가 부르는 바람에 잠시 방을 비운 사이, 엄마가 제 방으로 들어와 모니터를 들여다본 거예요. 방에 돌아왔을 때 엄마가 물었어요. '선생님'이 누구냐고. 제 사생활까지 들여다보고 감시하는 엄마의 행동이 너무나 불쾌하고 견디기 힘들어서 대답하지 않았어요. 그런데 엄마는 그새 예전 이메일까지 다 훑어봤던가 봐요.

"이 사람이 그때 그…… 니가 좋아한다던 학원 국어강사지?"

엄마의 말에 얼굴이 화끈 달아올랐어요. 이번에는 도저히 참을 수가 없어서 엄마한테 왜 남의 컴퓨터를 훔쳐보느냐고 따졌죠. 하지만 엄마는 마냥 당당했어요.

"뭐? 남의 컴퓨터? 너랑 내가 남이야? 그리고 훔쳐보긴 뭘 훔쳐봐?

방문 열려 있고, 인터넷 창 떠 있길래 지나가다 본 건데……. 하란 공부는 제쳐놓고 쓸데없는 사람한테 메일이나 쓰고 앉았고…… 너만 보면 진짜 속 터진다."

그 말을 듣는 순간 온몸이 덜덜 떨리고 눈에서 눈물이 절로 나왔어요. 까짓 잔소리나 무시쯤이야 참을 수 있지만 선생님까지 싸잡아 도매금으로 뭐라 하는 소리엔 도저히 참을 수 없었어요. 그래서 저도 모르게 소리를 빽 질렀어요.

"엄마보단 쓸데 있어!"

엄마의 눈이 쪽 째지는가 싶더니 제 뺨에 번쩍 벼락이 떨어졌어요. 아빠가 달려와서 엄마를 뜯어말렸죠. 아빠의 만류에 안방으로 들어가면서도 엄마는 목에 핏대를 세우고 길길이 날뛰더라고요. 엄마보다 그 인간이 더 쓸데 있으면 가서 살으라고, 쓸데없는 사람이랑 살지 말고 나가서 살든지, 죽든지 하라고. 그래서 나왔어요. 차라리 죽어버렸으면 좋겠다는 심정으로요.

선생님, 제가 잘못된 걸까요? 세상에 제 이야기를 들어주는 사람이라곤 선생님밖에 없는데, 그래서 이렇게 이메일로라도 신세타령을 하는데 이게 잘못하는 건가요? 그래요, 저 선생님 좋아해요. 그게 잘못인가요? 모르겠어요. 엄만 뭐든지 다 제 잘못이라 하니 제가 정말 잘못 살고 있나 싶기도 해요. 하지만 선생님한테 이메일 쓰는 일까지 참견할 권리는 엄마한테 없어요.

선생님께서도 '임금님 귀는 당나귀 귀' 이야기, 아시죠? 경문왕 때 왕의 당나귀 귀를 보게 된 사모장이 비밀을 지키다 못해 도림사 대숲

135
산수유

에 대고 '임금님 귀는 당나귀 귀!'라고 외쳤다는 이야기요. 그 뒤로 바람만 불면 그 대숲에서 사모장이 외친 소리가 들렸다는 이야기. 그 소문을 들은 왕은 화가 나서 그 대나무를 모두 베어 없애고 대신 산수유를 심었대요. 하지만 그 후로도 바람이 불 때마다 산수유 숲에서 '임금님 귀는 길기도 하다'라는 소리가 작게 들렸대요. 선생님, 힘들 때마다 저 투정과 넋두리를 다 받아 주시는 선생님이야말로 제게는 그 대숲 같은 분이에요. 요새 선생님께서 좀 바쁘셔서 제 이메일에 일일이 답장을 해 주실 수 없다곤 해도 여전히 선생님은 제게 산수유 숲과 같은 분인걸요.

엄마는 왜 저를 가만히 놔두지 않는 걸까요? 그냥 가만히 내버려 두어도 될 텐데, 그럼 그나마 덜 힘들 텐데…… 화끈거리는 뺨보다 가슴이 더 아파요. 앞으로 어떻게 해야 할지 모르겠어요. 집에 들어가기도 싫고 학원은 더더욱 싫고요. 제 수중에는 달랑 이천 원밖에 없어요. 그러니 이렇게 마냥 피시방에 죽치고 앉아 있을 수도 없죠.

선생님, 아무도 저를 모르는 곳으로 가고 싶어요. 그곳에서 공부도 조금 하고, 책도 실컷 읽고, 쓰고 싶은 소설도 쓰고, 놀 만큼 놀며 살고 싶어요. 어디로 갈까요? 골라 보세요. 서울? 대전? 부산? 아니면…… 하늘나라? 선생님, 제발 도와주세요. 전 너무 지쳤어요. 너무 지쳐서 자꾸만 눈이 감겨요. 선생님, 혹시라도 제가 죽으면 슬퍼해 주실 거죠? 그러리라 믿어요.

선생님, 오랜만에 인사드려요. 지난 주말 아빠랑 단 둘이 이천 도립리 산수유 마을에 다녀왔어요. 도립리에 저희 외할아버지께서 살고 계시거든요. 오랫동안 대기업 임원으로 일하셨던 외할아버진 퇴직 후에 고향인 이천으로 내려가서 자리를 잡으셨어요. 연세가 드시니 도시보다는 시골이 좋으시대요. 산수유 마을은요, 마을 이름 그대로 봄이면 노란 산수유꽃 천지예요. 하지만 아직은 산자락에 잔설이 쌓인 겨울의 끝자락. 게다가 며칠 전 올 겨울의 마지막 눈인지도 모를 함박눈이 내린 덕분에 도립리 풍경도 온통 하얗기만 했어요. 외할머니께서 산수유 열매로 담근 술을 꺼내오셨어요. 아빠와 할아버지께서 술잔을 기울이는 동안 저는 할머니랑 마당으로 나와 도시와는 한결 다른 시골의 공기를 들이마시며 지친 마음을 추슬렀죠. 그러다 담장 안쪽으로까지 손을 내민 산수유나무를 보았어요. 말라붙은 가지에 목화 같은 눈을 이고 있는 산수유나무. 그리고 그 가지에 빨간 진주알처럼 매달린 산수유 열매를 보았어요. 추위와 바람과 폭설에도 아랑곳없이 엄동설한을 이겨낸 그 위풍당당에 저도 모르게, 아, 하고 탄성을 터뜨렸죠. 예쁘냐고, 할머니께서 물으시기에 고개를 끄덕였더니 그러셨어요.

"니 엄마도 어릴 때 산수유를 참 좋아했다."

저랑 공통점이라곤 찾으려 해야 찾을 수 없었던 엄마한테 그런 면이 있었다니 의외였어요. 내친 김에 엄마는 제 또래 때 어땠냐고 물어봤더니 더 의외의 대답이 돌아왔어요.

"예지 너랑 똑같았어. 아주 영락없다니까. 공부엔 통 관심도 없고 늘 책만 끼고 살고 감수성은 또 어찌나 예민한지 산수유만 보고도 눈물을 글썽글썽해. 그 뭐냐, 문학소녀라고 해야 되나."

엄마가 저한테 학창 시절 얘기를 한 번도 한 적이 없기에 할머니가 들려주시는 얘기들이 도무지 믿기지가 않았어요. 그래서 계속 '진짜요?'만 연발했다니까요. 저를 방으로 데려간 할머니는 서랍장에서 꺼낸 낡은 앨범을 꺼내셨어요. 앨범 속의 엄마는 정말 저와 닮은꼴이었어요. 당시 유행하던 헤어스타일에 디스코 바지를 입었지만 제 사진이랑 나란히 놓고 자매라고 우겨도 믿길 정도였죠. 빨간 니트를 입고 찍은 사진을 보고선 정말 깜짝 놀랐어요.

"그때 니 엄마가 미대 가고 싶다고, 작가가 되겠다고 그렇게 떼를 썼는데, 웃기지 말라고, 그딴 데 나와서 밥이나 벌어먹겠냐고, 닦달해서 법대 보낸 게 지금도 한이 된다. 대학 들어간 후론 애가 완전히 딴 사람이 됐어."

할머니 말론 엄마가 법대에 간 후로 완전히 인생의 목표를 상실하고 방황했대요. 남들 보는 사법고시는 아예 거들떠보지도 않았고 우여곡절 끝에 겨우 졸업한 후엔 아빠를 만나서 절 갖게 되는 바람에 결혼했고 그 후론 쭉 주부로만 살았다고요.

"법대를 가서 애가 저리 됐겠냐만, 지금 와서 가만히 생각해 보면 그래도 지가 하고 싶단 걸 하게 해 주는 편이 차라리 낫지 않았나 그런 후회는 든다."

이천에서 홍주로 돌아오던 길, 할머니의 말을 곱씹을수록 혼란스러웠어요. 선생님, 엄마가 할머니 등쌀에 원하는 길을 포기했다면 자기 딸이라도 제가 가고 싶은 길을 가도록 내버려 둬야 하지 않나요? 그게 옳잖아요. 그런데 왜 엄마는 제2의 할머니가 되어서 저를 제2의 자기

산수유

로 만들려고 할까요. 저는 도저히 엄마를 이해할 수 없었어요.

그날 밤, 이메일에 접속했다가 '딸에게'라는 제목으로 제 메일함에 도착한 이메일을 보고 놀랐어요, 많이요. 발신자가 엄마였거든요. 엄마가 저한테 이메일을 보낼 줄은 상상도 못했어요. 솔직히 말씀드리면, 엄마가 저한테 편지를 보낸 건 난생 처음 있는 일이었어요. 비록 짧은 내용이었지만 진심이 담긴 이메일이었어요. 엄마는요, 자기랑 99%가 똑같은 제 모습이 그렇게 싫대요. 자기랑 똑같은 전철을 밟고 자기랑 똑같은 인생을 살게 될까 봐 두렵대요. 꼭두각시처럼 부모가 원하는 진로를 택해서 부모를 원망하고 일부러 엇나가고 꿈을 포기한 무기력한 인간으로 남게 될까 봐 답답하대요. 그런데도 자꾸만 외할머니처럼 제가 가려는 길을 가로막고 정해진 길로 가라고 닦달하게 된대요. 그 이율배반적인 행동을 엄마 자신도 도무지 이해할 수가 없대요. 그래서 저를 더 모질게 대하게 된대요. 엄마의 이메일을 읽어 본 후에야 절 향한 엄마의 미움이 어쩌면 엄마 자신을 향한 미움인지도 모른다는 생각이 들었어요.

그날 밤, 이슥하도록 잠을 이룰 수가 없었어요.

다음날 아침 일어났을 때 복잡했던 머릿속이 살짝 정리된 기분이 들었어요. 달랑 세 시간밖에 못 잤지만 몸은 오히려 가뿐했죠. 여전히 저는 실수투성이 게으름뱅이 울보 박예지이지만, '그래서, 뭐가 어때서?'라는 생각이 고개를 드는 거예요. 그리고 어제 국어 선생님께『불안』을 돌려받고 마침내 그 책을 끝까지 다 읽었어요.

'지위에 대한 불안의 성숙한 해결책은 우리가 다양한 사람들로부터

지위를 인정받을 수 있다는 사실을 인식하는 데서 시작한다.'

마지막 장의 그 문장을 읽는 순간 제 머릿속에 반짝 백열전구가 켜졌어요. 지금까지 저는 엄마가 인정하는 지위에 올라야 한다는 강박관념과 거기에 오르지 않는다는 반발심으로 괴로워했거든요. 하지만 그제야 비로소 깨달았어요. 진정으로 제가 인정받아야 할 대상은 세상 누구도 아닌 제 자신이라는 사실을, 그토록 힘겹고 외로운 순간에도 저는 여전히 가슴속에 저만의 산수유 열매와 진주를 품고 있었다는 사실을요. 그 후로 만사를 대하는 제 태도가 꽤 바뀌었어요.

"며칠 전만 해도 죽을상을 하고 다니더니 오늘은 또 왜 그렇게 붕붕 떠다녀? 약 먹었냐?"

오늘 영미가 저한테 그런 소리를 했을 정도니 말 다 한 셈이죠. 이제 제가 하고 싶은 일이 무엇인지, 제가 가고 싶은 길이 어디인지 어렴풋하게나마 보이기 시작했어요. 우선 심리학이랑 연극사를 전공하며 글을 쓰고 싶어졌어요. 하지만 되도록이면 국문과나 문예창작과는 피하려고 해요. 저만의 개성을 살린 글을 쓰려면 틀에 박힌 공부보다는 다양한 인생 공부를 해야 한다는 생각이 들거든요. 그래서 선생님처럼 작가가 되고 싶어요. 학원 강사를 하는 동안에도 하고 싶은 일을 하겠단 일념으로 정진해서 결국 꿈을 이루신 선생님. 선생님을 제 롤 모델로 삼기로 했죠. 뭐, 선생님처럼 유명한 작가는 아니더라도 상관없어요. 제 자신이 저를 인정할 수 있는 수준에 오르는 일이 제 첫 번째 목표거든요.

선생님, 유독 힘겨웠던 지난겨울을 나는 동안 제가 겨울나기 전보단 좀 더 컸다는 생각이 들어요. 무조건 책을 읽고 싶고, 글을 쓰고 싶고, 어서 대학을 갔으면 좋겠어요. 학교 성적도 이제 크게 신경 쓰지 않기로 했어요. 자만일지도 모르지만 공부는 어지간히만 해도 중위권 성적은 나오니까요. 굳이 좋은 대학을 갈 마음은 없어요. 제가 원하는 대학을 갈 수 있다면 그걸로 족해요. 앞으로는 움츠렸던 어깨를 펴고 고개를 들고 당당하고 자신 있게 제가 하고자 하는 일을 향해 힘차게 나아가 보려고 해요. 그 과정이 혹독한 겨우살이가 될지도 모르죠. 하지만 누가 그랬다고 하잖아요. 고통을 통해 인생은 참다운 빛을 낼 수 있다고. 지금의 이 결심이 겨울나기를 하는 동안 제 마음속이 피워낸 산수유 열매인지는 모르겠어요. 인생에 모범 해답은 있을 수 없으니까요. 하지만 그런 결심을 피워낸 제 자신이 살짝 기특하긴 해요.

그리고 앞으론 엄마에게 조금은 살가운 딸이 되기로 했어요. 여전히 엄마는 눈썹을 팔자 모드로 찌푸리고 툭하면 저한테 모진 소릴 툭툭 던지지만, 엄마도 저만큼이나 불안하고 혼란스럽단 사실을 알았으니 괜찮아요. 여전히 엄마를 이해할 순 없지만요, 세상의 모녀 중 서로를 완전히 이해하는 모녀가 몇이나 되겠어요. 지난번 엄마한테 메일을 받고 답메일 쓰는 일을 차일피일 미뤄왔는데 이제 이 메일을 보내고 나면 큰맘 먹고 답메일도 쓰려고 해요.

선생님, 이제 정말 봄이 오려나 봐요. 사방에서 봄기운이 느껴져요. 운동장에 쏟아지는 햇볕에서도, 머릿결을 흩날리게 하는 산들바람에서도, 길을 오가는 사람들의 옷차림에서도, 그리고 제 마음에서도요.

선생님, 앞으로는 전처럼 이메일을 자주 못 쓸 수도 있을 것 같아요.

142

하지만 너무 서운해하지는 마세요. 종종 잊지 않고 소식 드릴게요. 지난번에도 말씀드렸듯 선생님은 저의 영원한 산수유 숲이니까요.

김종일

오랫동안 소설과 영화와 그림을 가슴에 품고 살아왔습니다.
그중 하나의 꿈을 이루어 글쟁이로 하루하루를 살아갑니다.
그동안 그늘진 이야기를 써왔지만 앞으로는 양지바른 이야기도 쓰고자 합니다.
제3회 황금드래곤문학상에서 대상을 수상하며 작품 활동을 시작했습니다.
그동안 쓴 책으로 『몸』『손톱』『삼악도』『한국공포문학 단편선』 시리즈(공저)가 있습니다.

산
수
유

엄마, 저예요

● **1. 다음 중 무엇이 가장 예지를 불안하게 했을지 '불안 지수'를 매겨 봅시다.**

	불안하지 않다 ←-----------------------------→ 매우 불안하다									
	1	2	3	4	5	6	7	8	9	10
조선시대 성균관이나 규장각처럼 좋은 성과나 명성을 요구하는 사회										
엄마의 잔소리와 간섭										
엄마가 그어 놓은 '성취'에 다다르지 못하고 있는 것										
부모님과 진로 이야기를 하는 것										
작가가 꿈인데 요즘 글도 한 줄 안 떠오르는 것										
인생의 모범 해답을 찾지 못하는 것										
무기력한 생활을 반복하는 것										
스스로에 대해 불만을 느껴 자신을 인정하지 못하는 것										

2. 예지의 엄마는 "자기 십 대 때랑 똑같은 전철을 밟고 자기랑 똑같은 삶을 살게 될까 봐 두려웠다"고 합니다. 그런 엄마의 마음이 담긴 이메일을 받고 예지가 '큰맘 먹고' 쓴 답

장은 어떤 내용이었을까요? 예지의 마음으로 예지 엄마에게 답장을 써 봅시다.

3. 내가 하고 싶지 않은 일을 부모님이 강요했던 적이 있나요? 그러한 경험을 떠올려 보고, 부모님의 요구에 따랐을 때와 따르지 않았을 때의 마음이 각각 어떠했는지 말해 봅시다.

4. 부모님이 우리에게 바라는 것은 어쩌면 부모님이 어린 시절 꿈꿨던 것일지도 모릅니다. 부모님의 어린 시절 꿈에 대해 이야기를 나눠 보고, 지금의 나에게 바라는 점이 무엇인지 여쭤 봅시다.

5. 내가 가진 꿈은 무엇인가요? 갖고 싶은 직업, 하고 싶은 일, 어떻게 살아야겠다는 삶의 방식, 살면서 꼭 해 보고 싶은 일들을 적어 봅시다. 그리고 부모님은 그 꿈에 대해 어떻게 생각하실지 상상해 봅시다. 만약 부모님이 반대하는 꿈이라면 부모님에게 자신의 생각을 어떻게 전달하면 좋을지 생각해 봅시다.

내가 가진 꿈	부모님의 생각	설득의 말

6. 소설 『갈매기의 꿈』에서 조나단의 아버지는 나는 기술보다는 먹이를 구하는 법을 먼저 배우라고 말합니다. 하지만 조나단은 배가 고파도 더 높이 더 멀리 나는 연습을 합니다. 조나단의 선택이 어떤 점에서 긍정적이고 어떤 점에서 부정적인지 다음 글을 읽고 생각해 봅시다.

대부분의 갈매기들은 비상의 가장 단순한 사실, 곧 먹이를 찾아 해변으로부터 떠났다가 다시 돌아오는 방법 이상의 것을 배우는 것에는 신경 쓰지 않았다. 대부분의 갈매기들이 중요하게 생각하는 것은 나는 것이 아니라 먹는 것이었다. 하지만 이 갈매기에게는 먹는 것이 아니라 나는 것이 더 중

146

요했다. 그 무엇보다도 조나단 리빙스턴 시걸은 나는 것을 사랑했다.

(중략)

그의 아버지가 타이르듯 말했다.

"겨울이 멀지 않았다. 고기잡이하는 배들도 거의 없어질 것이고, 수면에서 놀던 물고기들도 깊은 데서 헤엄칠 것이다. 만일 네가 꼭 배우고자 한다면, 먼저 먹이를 구하는 법부터 배우거라. 물론 네가 원하는 비행 기술도 다 좋지만, 나는 것만으론 먹고 살 수가 없다는 걸 너도 알 것이다. 네가 나는 이유는 어디까지나 먹기 위해서라는 걸 잊지 말아야 한다."

조나단은 반항하지 않고 고개를 끄덕였다. 그는 정말로 그 후 며칠 동안 다른 갈매기들처럼 행동하려고 노력했다. 갈매기 떼와 더불어 선창가와 고기잡이 배 주위에서 꽥꽥거리고 다투면서 물고기와 빵 조각들 위로 재빨리 몸을 날렸다. 그는 진정으로 마음을 다해 그렇게 하려고 시도했다. 하지만 그는 그렇게 할 수가 없었다.

이건 정말 무의미한 짓이야. 그렇게 생각하면서 그는 힘들게 획득한 멸치를 자기를 추격하는 굶주린 늙은 갈매기에게 일부러 떨어뜨려 주었다. 이런 시간을 모두 나는 연습을 하는 데 쓸 수 있다면 얼마나 좋을까. 배울 것이 너무도 많은데!

얼마 지나지 않아 갈매기 조나단은 또다시 혼자 바다 먼 곳에서, 배는 고프지만 행복한 마음으로 나는 연습을 하고 있었다.

리처드 바크 『갈매기의 꿈』(현문미디어) 중에서

산수유

((**

여름날

- 전삼혜

>>

읽기 전에

인터넷에서 마주하는 상황은 현실을 뛰어넘어 짜릿한 흥분은 물론, 때론 자신감을 주기도 합니다. 매일매일 반복되는 일상, 미래에 대한 두려움, 친구들도 가족들도 어렵게만 느껴지는 상황에서 나만의 아바타를 만들어가는 가상 공간은 분명 활력을 주게 됩니다. 게다가 거기서 만난 새로운 사람들은 나와 서로 통하는 것같이 느껴지기도 하지요. 영화 〈아바타〉에서 제이크가 하반신이 마비된 현실에서 벗어나 자유로운 몸을 가진 나비족이 되어가는 것처럼 말이지요.

이 소설은 가상 현실에서 맺어진 친구 관계를 다루고 있습니다. 다현이는 게임에서 처음 만나 메신저와 음성 채팅으로 우정을 쌓아 온 친구 은을 알게 된 지 5년 만에 처음으로 만나게 되었습니다. 그러나 안타깝게도 다현이가 만나게 된 것은 다현이를 만나러 오는 길에 교통사고를 당한 은의 영정사진이었죠. 그런데 장례식장에서 은의 다른 친구들을 통해 알게 된 은은 자신이 알던 사람이 아니었습니다. 가상 현실에서 관계를 맺는다는 것은 어떤 의미일까요? 과연 진정한 우정이 될 수 있을까요?

여름날

◇◇◇

은이 사라진 이후, 나는 자주 놀라는 사람이 되었다. 건너편 아파트의 창문이 열리는 소리에도, 책상 위에 던져둔 핸드폰이 진동하는 소리에도, 더운 여름날 열린 베란다 창을 통해 갑자기 불어오는 미지근한 바람에도 나는 놀랐다. 한창 작업을 하던 중 내 컴퓨터가 갑자기 꺼졌을 때도, 그 컴퓨터가 아무런 예고 없이 다시 켜졌을 때도 나는 놀랐다. 그럴 때마다 나는 조심스럽게 그 애의 이름을 불렀다.

은?

나는 대답이 들릴 것을 두려워하고 기대하면서 은의 이름을 불렀다. 대답은 한 번도 들려오지 않았다. 그러나 나는 이름 부르기를 멈추지 않았고 돌아오지 않은 은의 이름들은 습기에 젖은 메모지가 달라붙듯, 내가 부른 것들에게 가서 달라붙었다. 그래서 내 주위에는 은이 아주 많아졌다.

디지털 카메라에서 넘어온 사진을 클릭한다. 잡티가 있는 부분에 힐링 브러쉬 툴을 가져다 대고 문지른다. 턱을 갸름하게 깎고 눈을 조금 크게 확대해 주면 긴장된 듯 뻣뻣해 보이던 사진 속의 얼굴은 한결 생기 있고 매력적인 얼굴이 된다. 교복을 입은 아이들이 내 뒤에서 모니터를 들여다보고 있는 것이 느껴졌다. 야야, 저것 봐. 완전 다른 사람 같지 않냐? 아이들은 스스럼 없이 서로를 툭툭 치며 까르륵 웃어댔다.

컵라면에 물을 붓고 기다리는 것보다도 짧은 시간에 사진은 완성되었다. 단돈 육천 원에 사진 열다섯 장. 클릭 몇 번으로 약점은 사라지고 사람들은 자신이 원하는 대로 나온 사진을 갖게 되었다. 누군가는 저 사진을 면허증에 쓸 것이고 누군가는 저 사진으로 이력서를 낼 것이다.

2월 말과 3월 초는 증명사진을 찍는 작은 사진관이 가장 바쁜 때였다. 한 떼의 아이들이 빠져나가자 가게 안은 잠시 한산해졌다. 나는 아픈 손목을 주무르며 핸드폰 메시지를 확인했다. 짧은 문자가 와 있었다. 내일이야. 나는 짧은 답장을 보냈다. 내일은 은을 만나기로 한 날이다. 5년 전에 처음 알게 된, 그러나 한 번도 얼굴을 본 적이 없는. 3년 전에 처음으로 목소리를 들은. 게임에서 만난, 어쩌면 친구. 아마도.

은의 목소리를 처음 들었던 날을 기억하고 있다. 나와 은은 열아홉 살이었다. 열두 시가 넘은 밤중에 나는 헤드셋을 쓰고 컴퓨터 앞 의자에 웅크려 앉아 있었다. 난방이 잘된 방 안인데도 발이 시렸다. 부모님의 눈길을 피해 방 안 형광등을 꺼 놓았고, 모니터에서 나오는 푸르스름한 빛만이 희미하게 내 얼굴을 비추고 있었다. 싸구려 헤드셋 안쪽에서는 모니터 저편 상대가 달그락거리는 소리와 치직거리는 노이즈가 섞여 들려왔다. 음성 채팅을 해 보자던 은과 나의 대화창에는 아무런 말도 올라오지 않았다. 나는 숨을 멈추고 숫자를 셌다. 1초, 2초, 3초……. 지구가 몇 바퀴나 돌 것 같던 시간이 지나고 은의 목소리가 내 귓가에 전해졌다.

들려?

얇은 벽을 사이에 두고 대화를 나누는 것처럼 조심스러운 목소리였

다. 감기에 걸린 듯 약간 쉬어 있었다. 헤드셋을 조절하는지 은의 입김
이 마이크에 닿았다가 떨어졌다. 후, 하는 한숨 비슷한 소리가 들렸다.
나는 대답을 잊은 채 고개를 끄덕이며 앉아 있었다. 은이 대화창에 물
음표를 쳐 넣고 나서야 나는 입을 열었다.

들려.

처음으로 우리는 상대의 목소리를 받아들였다. 그때의 우리는 서울
과 부산 사이의 거리가 지구와 달만큼이나 멀다고 생각했다. 그래서
우리는 헤드셋을 통해 오간 두 마디의 말이 지구와 달의 첫 통신처럼
생경스러웠다. 고속버스로 고작 네 시간 반, 기차로는 다섯 시간 반이
걸리는 거리. 나는 지금도 그때의 광경을 상상할 수 있다. 두 명의 열
아홉 살 여자아이가 조금이라도 더 상대방의 목소리를 잘 듣기 위해
양손으로 헤드셋을 감싸는 광경을. 그때 나는 지금보다 키가 작았지만
몸무게 십 킬로그램이 더 나갔고 얼굴에는 여드름이 다닥다닥 나 있
었다. 사진을 보지 않아도 그때의 내 얼굴은 충분히 그려졌다. 양 발을
의자 위로 올린 채 발가락을 꼼지락거리던 나. 그러나 은의 얼굴은 지
금도 그릴 수가 없다. 나는 그때의 은의 얼굴을 본 적이 없으니까.

사진관에서 퇴근하는 길에 싸구려 샴페인과 케이크를 샀다. 은은 내
자취방에서 하룻밤 자도 괜찮겠냐고 물었고 나는 흔쾌히 그렇게 하라
고 했다. 5년간의 시간을 보내고 처음 만나는 사이라면 하룻밤을 다
새서 이야기를 하더라도 부족할 것 같았다. 집으로 돌아와 메신저에
접속해 보니 은은 오프라인 상태였다. 내일 아침 일찍 차를 타고 온다
더니 벌써 잠든 모양이었다. 나는 방 안을 둘러보았다. 좁긴 했지만 스

물한 살 여자아이들이 수다를 떨며 하룻밤을 보내기엔 나쁘지 않아 보였다. 전화 통화로 들은 은의 목소리를 떠올리며 은의 얼굴을 상상해 보려고 했지만 잘 되지 않았다. 결국 내가 은의 얼굴을 처음 본 곳은 은의 장례식장이었다.

검은 리본이 둘러진 사진 속에 은이 있었다. 반쯤 풀린 파마머리에 긴장한 듯 꼭 다문 입. 나는 은의 사진을 멀거니 바라보다가 향을 집어 피우고 절을 했다. 기차를 타고 오는 동안에도 마르지 않은 양말이 축축했다. 작은 증명사진을 확대한 영정은 유난히도 사진을 보정한 흔적이 두드러졌다. 아마도 눈은 키우고 턱은 깎았겠지. 내가 많은 사진들에 그랬던 것처럼. 은의 어머니는 갈라진 목소리로 내 이름을 부르며 내 손을 잡았다. 상복 옷고름 끝자락이 젖어 있었다. 이렇게 먼 곳까지 와 줘서 고맙다며, 참 좋은 친구라며, 미안하다며 은의 어머니는 계속 울었다. 나는 너에게 좋은 친구였어? 은의 사진에 대고 묻고 싶었지만 그럴 수 없었다. 낮은 상 위에 편육이며 육개장 따위가 차려져 있었다. 나는 그곳으로 옮겨 앉았다. 주변에는 온통 낯선 사람뿐이었고 이 사람들을 소개시켜 줘야 할 은은 사진 속에서 입을 다물고 있었다. 나는 은의 사진 아래 서 있는 위패를 보았다. 故김지민.

은을 처음 만난 건 겨울이었다. 동화 같은 아기자기한 캐릭터 컨셉으로 오픈베타부터 꾸준히 유저를 불러 모으던 게임이었다. 나는 마을 광장에 캐릭터를 세워 놓고 가만히 모니터를 들여다보고 있었다. 캐릭터는 현실의 나와 다르게 예뻤고, 어디든 갈 수 있을 것 같았다. 쉴 새 없이 다른 캐릭터들의 대화가 올라오는 대화창 속에서 아무도 나에게 말을 걸지 않았다. 은이 다가오기 전까지.

저기, 이 퀘스트 어떻게 해야 돼요?

마법사 캐릭터를 생성하면 기본으로 주는 옷과 무기를 장착한, 초보 티가 완연한 캐릭터였다. 나는 게임을 시작하고 처음으로 누군가에게 대화를 건넸다. '겨울은'이라는 아이디를 단 캐릭터는 고맙다는 인사를 하고 사라졌다. 나는 다시 혼자가 되었다. 게임 속에서 한 번의 해가 지고 달이 떴을 때 누군가 나에게 아이템 교환 신청을 했다. 겨울은. 교환창에 케이크 한 조각이 놓였다. 내가 승낙하지 않자 그 애가 말했다.

고마워서요.

나는 그렇게 은을 만났다. 은은 나에게 처음으로 말을 걸어 준 사람이었고, 나중에 은이 말했듯이 나 역시 은이 처음으로 말을 건 사람이었다. 게임 속에서 우리는 강해졌고 가까워졌다. 비슷한 게임들이 우후죽순처럼 생겨나자 게임은 서비스를 종료했다. 나와 은은 고등학생이 되었다. 우리는 게임이 사라지기 전 메신저 주소를 주고받았다.

우리가 마우스를 클릭하는 대로 움직이는 캐릭터가 사라졌을 뿐 문장으로 이루어지는 대화라는 점은 변하지 않았다. 이마에 난 여드름과 모의고사와 유행하는 음악에 대해 우리는 계속 이야기했다. 은은 자신이 키우는 고양이라며 흰 고양이 사진을 보내주었다. 그러던 어느 밤, 은이 말했다. 나 네 목소리가 궁금해.

나는 당황했다. 지금? 지금 말야? 은은 웃는 이모티콘을 대화창에 띄워 올렸다. 나는 책상 서랍을 뒤져 헤드셋을 꺼냈다. 무슨 말을 해야 할지 모르겠어. 쩔쩔매는 나를 은이 달랬다. 그럼 내가 먼저 말할게. 나는 숨을 참고 은의 말을 기다렸다. 들려?

은의 목소리가 들리지 않았다.

은의 장례식장에서 나는 꿔다 놓은 보릿자루처럼 침묵을 지켰다. 주위에 앉은 사람들은 내가 모르는 이야기를 했다. 은의 고등학교 시절, 대학 입학 초기……. 그곳에 내가 아는 은은 없었다. 이따금 누군가 '너도 말을 해.' 라는 듯이 나를 흘끔거렸지만 나는 그때마다 내 앞에 놓인 소주잔으로 시선을 돌리거나 젓가락으로 반찬을 헤집었다. 어쩔 수 없잖아. 나는 조용히 변명했다. 이 사람들이 아는 너는 은이 아닌걸. 네가 나와 함께 다녔던, 모니터 속의 들판과 동굴을 이 사람들에게 이야기할 수는 없잖아. 네가 어떤 대화명을 썼는지 말할 수는 없잖아.

문상객들이 뜸해지자 은의 어머니가 우리 쪽으로 왔다. 우리는 자리를 좁혔다. 은의 어머니는 한 사람씩 이름을 묻고, 손을 잡았다. 너는 누구구나. 너는 언제 적 친구구나. 차례로 다른 사람을 거쳐 온 손이 내 손을 잡았다. 그래, 너는 누구니?

중학교…… 때 친구예요.

나는 어물거리며 대답했다. 그러자 사람들이 일제히 나를 돌아보았다. 하나 둘 손을 건네고 인사를 청했다. 나는 순식간에 은의 친척과 고등학교 친구와 대학교 친구들에게 둘러싸였다. 무서워서, 나도 모르게 눈물이 났다. 누군가 내게 휴지를 집어주었다. 누군가는 내 앞에 소주를 따라주었다. 겁에 질린 채 나는 눈물을 닦았고 소주를 마셨다. 싸하고 뜨거운 맛이었다. 순간적으로 멍해진 귀로 사람들의 말이 밀려들었다. 걔, 우리한테 중학교 때 얘기를 안 했지. 고등학교 입학 직전에 부산으로 이사를 왔으니까.

어머니가 다정하게 내 눈물을 닦아주며 말했다. 전학 가기 전에 사 귄 친구였나 보구나? 나는 외워 두었던 거짓말을 읊었다. 네. 중학교 때까지 춘천에서 살다가 저도 곧 서울로 전학을 갔어요. 미리 외워 둔 말들은 녹음된 테이프를 틀듯 잘도 흘러나왔다. 은과 고등학교 동창이 었다는 남자가 내게 커다란 손을 내밀었다. 저희는 모두 고등학교 때 이후 사귄 친구들이라 몰랐네요.

괜찮아요. 나는 작게 대답하고 그 손을 잡아 흔들었다. 속으로 속삭 였다. 거짓말이에요. 같은 중학교를 다녔던 적이 없어요. 춘천에서 산 적도 없어요. 그 거짓말들은 나와 은이 미리 준비한 시나리오에 들어 있었다.

나는 중학교 때 친구를 만나러 서울로 놀러 간다고 할 거야. 너는 여 기 보내준 파일에 있는 대로만 대답하면 돼. 알았지? 우리 엄마가 물어 볼지도 모르니까.

은은 어울리지 않다 싶을 만큼 명랑한 목소리로 계획을 설명했다. 은이 보내 준 파일에는 어디에서 태어나서 어떻게 자랐는지, 어느 중 학교를 나와 어디로 전학갔는지가 세세하게 적혀 있었다. 중학교 때 담임은 누구였는지. 몇 학년 몇 반이었는지. 한 번도 나눈 적이 없었지 만 만나기 위해서 필요한 이야기였다. 그것들을 프린트한 종이는 지금 도 내 코트 주머니에 그대로 들어 있었다. 나는 누군가가 다시 채워주 는 술잔을 받으며 생각했다. 사실이었을까, 그 이야기들은.

은과 나는 만난 적 없이 오 년을 보냈다. 처음에는 게임 아이디로 서로를 불렀고, 게임이 서비스를 중단한 다음에는 서로 이름을 불렀다. 핸드폰 번호를 교환했지만 헤드셋으로 목소리를 듣기 전에는 문자만 주고받았다. 사진은 한 번도 주고받지 않았다. 나는 여드름투성이에 살이 찐 내가 부끄러웠다. 오 년이 지나면서 단발이던 내 머리는 날개뼈까지 길어졌고 살이 빠졌다. 스무 살에 나는 대학에 입학하지 않고 집을 나왔다.

네가 보고 싶어. 은은 말했다. 서울로 와. 나는 대답했다. 이제 나는 내가 부끄럽지 않았다. 하루쯤 만나 이야기를 하고 같이 잠드는 일쯤은 아무렇지도 않았다. 그러기 위해 은은 알리바이를 만들었다. 정교하고 치밀한 알리바이였다. 은이 건네준 파일 속의 나는 중학교 때 은과 가장 친했던 아이였다. 이거, 들키면 어떡하지? 내가 불안해하자 은은 말했다. 걱정하지 마. 중학교 때는 친구가 없었으니까.

처음 서로 이름을 주고받던 날, 우리는 새롭게 자기소개를 했다.

나는 정다현이야.

잠시 틈을 두고 은의 메시지가 올라왔다.

나는 김은이야.

그랬기 때문에 나는 은이 은이라고 믿었다.

은은 여덟 시 차를 타고 오겠다고 했다. 여덟 시 고속버스를 타면 서울에는 열두 시 반 무렵에 도착했다. 여섯 시 오십 분에 눈을 떴을 때 '이제 갈게'라는 문자가 들어와 있었다. 조심해서 오라고 답장을 보내려다가 다시 잠이 들었다. 눈을 떴을 때는 열 시 반이었다. 전화가 울

여
름
날

리고 있었다. 은의 번호였다. 휴게소일까. 갈라진 목소리를 가다듬고
전화를 받았다.

다……다현이니? 네가 다현이니?

껵껵 막혀가는 숨을 토해내는 그 목소리에 나는 남아 있던 잠을 털
어냈다. 네, 제가 정다현인데요. 갑자기 저편에서 울음이 터졌다. 아이
고, 우리 애 어떡하니. 다현아. 우리 애 어떡하니! 누군가가 달래는 듯
한 소리도 들렸다. 목소리가 바뀌었다. 울음이 섞여 있었지만 침착한
남자 목소리였다. 사고가 생겼다. 먼 길인 건 알지만 꼭 내려와 줬으면
좋겠구나. 그러겠다고 대답을 하자 전화가 끊겼다. 잠시 뒤 문자가 도
착했다. 나는 핸드폰 액정을 한참 동안 응시했다. 부산의 지하철 역 이
름과 병원 이름이 적혀 있었다. 그리고 마지막 네 글자. 장례식장.

입으려던 옷을 밀어놓고 검은 스웨터와 바지로 갈아입었다. 서울발
부산행 KTX 시간표를 검색해 보니 지금 당장 나가야 시간을 맞출 수
있었다. 나는 지갑만 챙겨 넣고 집을 나섰다.

한낮인데도 겨울 바람은 차가웠다. 나는 다시 핸드폰을 확인했다.
이제 나간다는 여섯 시 반에 온 문자. 나는 답장을 보내고 싶었다. 너,
어디 있어? 어디까지 왔어? 그러나 최근 문자함에 저장된 병원의 주소
가 내 손가락을 붙잡았다. 시속 삼백 킬로미터로, 나는 은을 만나러 가
고 있었다.

병원에 도착해 장례식장을 찾았다. 나는 걸음을 멈췄다. 은의 이름
이 없었다. 뭔가 잘못된 게 아닐까. 이건 꿈이 아닐까. 꿈이라고 하기엔
눈 녹은 물로 젖은 양말의 차가움이 생생했다. 나는 심호흡을 하고 은

에게, 전화를 걸었다.

도착했니?

네, 그런데 빈소가⋯⋯.

3번 빈소다. 먼 길 오게 해서 미안하구나.

나는 3번 빈소를 찾아보았다. 故김지민.

나는 은이 자신을 '은'이라고 소개한 후부터 자주 그 이름을 불렀다. 은, 하고 혀끝이 앞니 뒷면을 스치는 그 이름이 아름다웠다. 착한 사람일 것 같았다. 예쁜 사람일 것 같았다. 내가 가끔 은, 이라고 부르면 은은 왜? 라고 대답했다. 나는 그냥 불러봤다고 이야기했다. 싱겁긴, 은이 웃었다. 이모티콘으로든, 목소리로든. 나는 내 핸드폰에 저장된 '김은'의 전화번호를 내려다보았다. 통화시간 0분 20초. 장례식장 입구에서 있다가 들어가고 나오는 사람들과 어깨를 부딪쳤다. 냉장고에 넣어둔, 굳어가고 있을 생크림 케이크와 무알콜 샴페인이 떠올랐다.

지민이는 중학교 때 어떤 애였어요?

커다란 손을 내민 남자가 나에게 물었다. 나는 우물거렸다. 그냥, 뭐, 얌전하고⋯⋯ 가끔 쾌활하기도 하고⋯⋯. 빈소를 채운 사람들 중 나는 유일하게 은, 아니, 지민의 중학교 시절 친구였다. '잘 몰라요'라고 빠져나갈 구석은 보이지 않았다. 내 우물거림을 들은 남자는 우울한 표정으로 고개를 숙였다.

고등학교 때 지민이는 참 착한 애였어요. 그쪽한테 이런 얘기도 했으려나, 잠깐 지민이하고 제가 사귀었는데요. 제가 너무 서툴러서 한달 만에 헤어졌는데 사귀기 전하고 똑같이 대해 주는 거예요. 그게 얼

여름날

마나…….

사람들이 앞다투어 은을, 혹은 지민의 과거 이야기를 늘어놓았다. 참 순한 아이였어요. 웃는 게 참 예뻤어요. 친절했었죠. 그 과거에 나는 없었다. 아뇨, 은은 저에게 거짓말을 했어요. 그렇게 반박할 수 있는 기회가 없었다. 무언가 잘못되어 있었다.

내 앞에 앉은 통통한 여자가 빈 잔에 술을 따랐다. 어서 마시라는 듯한 눈짓에 나는 눈을 꼭 감고 소주를 삼켰다. 쓴 맛에 진저리를 치고 있자니 통통한 여자가 한숨을 쉬었다.

왜 착한 사람들만 먼저 가는지 모르겠어요.

나는 잔을 내려놓으며 대답했다.

저도 모르겠어요.

나는 신발을 찾아 신고 장례식장 밖으로 나왔다. 부산역에 내렸을 때 내리던 비가 그쳐 있었다. 곳곳에 진흙탕이 생겨 있었다. 주차된 차들 사이를 헤치고 가다 보니 대나무 숲 아래 벤치가 있었다. 겨울이라 마른 잎들을 늘어뜨린 대나무 아래 나는 우두커니 섰다. 바람이 불 때마다 문풍지 우는 소리가 났다. 동화 속 이발사는 대나무 숲에 임금님의 비밀을 외쳤다고 했다. 바람이 불면 그 비밀대로 대나무가 울었다고 했다. 그렇지만 나는 누구의 이름을 불러서 비밀을 말해야 할까. 김은, 혹은 김지민. 입이 떨어지지 않았다.

나는 빈소 안으로 돌아갔다. 플라스틱 일회용 용기에 담긴 밥과 육개장이 내 앞에 놓였다. 술기운으로 텁텁한 속에 나는 밥을 떠 넣었다. 자꾸만 취기가 올라왔다. 통통한 여자가 어디를 다녀왔냐며 다시 술을

따라 주었다. 미지근한 육개장을 먹으면서, 소주를 마시면서 나는 같은 이야기를 반복했다.

나는 은을 만나기로 했어요.

약속이 있었어요?

네, 은을 만나기로 했어요. 오늘요.

가 봐야 되는 거 아니에요? 차 시간도 늦었을 텐데. 어떡해요?

은을 만나야 되는데.

그렇구나. 그런데 은이 누구예요?

여섯 시가 넘자 해가 저물었다. 일곱 시가 되고 여덟 시가 되어도 사람들은 일어나지 않았다. 아홉 시가 넘으면 KTX를 타고 가도 서울에 도착하면 지하철이 끊길 시간이었다. 나는 장례식장 벽에 붙어 있는 전자시계를 올려다보았다. 시간은 계속 흘러갔다. 은이 기다릴 텐데. 화장실에 가려고 신발을 찾아 신다가 휘청, 몸이 기울었다. 은의 아버지가 나를 부축했다.

잘 곳은 있어?

……부산엔 처음 왔어요.

지민이 방에서 잘래?

나는 고개를 저었지만 은의 아버지는 막무가내였다. 친한 친구였잖니. 지민이도 기뻐할 거다. 은의 아버지는 내 팔을 잡고 억지로 차에 태웠다. 이십 분쯤 지나자 한 아파트 앞에 차가 멈췄다. 엘리베이터를 타고 올라가는 동안 은의 아버지는 허공을 보며 말했다.

교통사고란다.

164

……네.

널 만나겠다고 신이 나서 택시를 타는 것까지 봤는데, 그게 마지막이더구나.

……네.

얼마나 슬프니.

엘리베이터 문이 열렸다. 나는 대답을 하지 않아도 되었다. 번호키로 문을 열고, 은의 아버지는 내가 신발을 벗는 것을 도와주었다. 아파트 안은 따뜻하고 정갈했다. 베란다 쪽에 붙은 방 앞에 나를 세운 다음 은의 아버지가 내 어깨를 두드렸다.

욕실은 저기고, 이불은 치울 틈이 없었단다. 옷은 마음대로 꺼내 입으렴.

은의 아버지는 나를 집안에 혼자 남겨둔 채 장례식장으로 돌아갔다. 나는 뜨거운 물로 몸을 씻고 입고 왔던 옷을 다시 입었다. 옷장도, 책상 서랍도 마구 뒤집어 놓은 듯 엉망이었다. 컴퓨터 옆에 흐릿한 사진이 액자에 끼워져 있었다. 영정사진보다 훨씬 통통하고 자연스러운 사진이었다. 이 애가 김지민이구나. 나는 중얼거렸다. 컴퓨터를 켰다. 은을 만나고 싶었다. 나 지금 부산에 와 있다고. 장례식장에 있다가 왔다고. 너는 어디에 있냐고 묻고 싶었다. 메신저에 접속하면 은이 말을 걸어줄 것 같았다. 컴퓨터 부팅이 끝나고 메신저가 뜬 순간 나는 눈을 감아버렸다.

은의 아이디가 자동 저장되어 있었다. 여기가 우리 집이야. 들리지 않는 목소리로 은이, 은의 메신저 아이디가 속삭였다. 받은 파일 폴더를 열자 내가 보내준 음악과 동영상 파일들이 남아 있었다. 대화 로그가 저장된 폴더에는 나와 대화했던 흔적들이 가득했다. 나는 컴퓨터를 껐다. 컴퓨터 의자에 앉은 채 뒤를 돌아보았다. 침대 머리맡에 달력이 있었다. 오늘 날짜에 별표와 동그라미가 쳐져 있었다. 달력을 몇 장 넘겨 보았다. 3월과 4월에는 아무런 표시도 없었다. 5월 12일에 '김지민 생일'이라는 표시가 되어 있었다. 은은 나에게 7월 4일에 태어났다고 했다. 여름에.

묻고 싶었다. 너, 누구야? 나는 은을 만나지 못했다고 믿고 싶었다. 그러나 김지민이라는 낯선 이름보다, 낯선 영정 사진보다 컴퓨터에 저장된 메신저 아이디가 먼저 말하고 있었다. 나는 지금 은의 집에 와 있다고. 은이 쓰던 컴퓨터 앞에 앉아 있다고.

나도 은에게 말하지 않은 것이 많았다. 부모님이 이혼한 이후, 나는 대학에 가지 않았다. 대신 정보기술학원에 등록했다. 부모님이 싸울 때도 나는 은과 음성채팅을 했고, 싸우는 소리가 방문을 넘어 은에게까지 닿을까 봐 헤드셋을 꼭 틀어막았다. 음성이 전해지지 않게 하려면 마이크를 막아야 한다는 사실을 알면서도 그랬다. 내 호흡소리는 거칠어졌을 것이다. 그 소리는 아마도 노이즈처럼 들렸을 것이다. 은과 하던 음성채팅 속에 흐르던 노이즈를 나는 기억했다. 우리 둘은 싸구려 헤드셋으로 음성채팅을 했다. 대화를 멈출 때마다, 혹은 대화를 시작하려 할 때마다 노이즈가 흘러 우리의 입을 막았다. 침묵도 무엇도 아닌 시간 속에 묻혀버린 말이 얼마나 많을까. 은이 있잖아, 라고 운을 떼면 노이즈가 일어나 그 뒤의 말을 삼켜 버린 때도 있었다. 나는 내 숨소리가 노이즈로 들리기를 간절하게 바랐다. 간절하게 숨 쉬던 어느 날, 은이 말했다.

있지, 다현아. 정말로 무서운 게 생기는 이유는 두 가지야.

나는 침묵을 지켰다. 숨 쉬는 것만으로도 버거웠다.

그 자리에 있어야 하는 게 없을 때, 그 자리에 없어야 하는 게 있을 때. 두 가지 뿐이야.

나는 목을 넘어오는 습기를 참았다.

그러니까, 괜찮아. 다현아.

은이 그렇게 말했다. 아무것도 모르는 은이 말해준 '괜찮아'라는 한마디에 나는 책상 위에 엎드려 버렸다.

나는 지금 있어야 할 은이 없고, 없어야 할 김지민이 있는 자리에 와 있었다. 그러나 나는 무섭지 않았다. 오히려 담담했다. 둘 다 없는 것이 아니었다. 둘 다 있었다. 그러나 둘은 섞이지도 분리되지도 않고 공기 중을 떠다녔다. 나는 단지, 낯설었다. 내 손은 은의 책상 위에 놓여 있는 액자를 잡았다.

다음 날 아침, 은의 아버지가 집에 들렀다. 나는 발인을 보지 않고 먼저 돌아가겠다고 했다. 은의 아버지는 내 손을 한 번 꼭 잡고 놓아주며 말했다.

지민이 짐 중에 갖고 싶은 게 있으면 뭐든 가지렴.

나는 문득, 와락 따져 묻고 싶었다. 은이 저를 누구라고 했어요? 제가 누구인지 아세요? 그러나 나는 이미 현관을 나서고 있었다. 폭설이었다. 서울까지 다섯 시간이 넘게 걸렸다. 올라오는 동안 나는 은의 책상에서 집어온 액자를 들여다봤다. 열다섯, 혹은 열여섯. 젖살이 빠지지 않은 얼굴과 꾸밀 줄 모르는 생머리. 그리고 여름 교복. 교복 소매 아래로 드러난 통통한 팔. 집에 도착하자마자 나는 케이크와 샴페인을 꺼냈다. 바깥 날씨처럼 차가운 케이크를 자르지도 않고 퍼 먹었다. 하루 만에 케이크 위에 얹힌 크림이 굳어 있었다. 목이 메면 샴페인을 마셨다. 식도로 넘어가는 탄산이 싸했다. 싱크대에 마련해 둔 두 개의 접시, 젓가락, 잔은 필요하지 않았다.

나는 주머니 속에서 무언가를 꺼냈다. 은의 아버지가 무엇이든 가져가라고 할 때 나는 사진을 가져가겠다고 했지만, 말하지 않은 한 가지가 내 주머니 속에 더 들어 있었다. 은이 허겁지겁 챙기던 와중 빠뜨렸을 주민등록증이었다. 마우스 패드 아래 깔려있던 주민등록증에는 '김지민'이 어설픈 솜씨로 '김은'으로 바뀌어 있었다. 한자까지는 미처 손대지 못한 듯 뒷부분은 그대로였다. 5월 12일 생으로 되어 있는 주민등록번호도 그대로였다. 이곳에 온다고 해도 은은 결국, 은이 되지 못했을 것이다. 나는 은을 의심해 본 적이 없었다. 그리고 그때서야 나는 내가 한 번도 은을 만난 적이 없다는 것을 실감했다.

아깝잖아.

무심코 흘러나온 내 목소리에 나는 놀랐다. 그러나 나는 정말로 아깝다고 생각했다. 정말로 일주일쯤, 혹은 그 이상 같이 머물 수 있었을지도 모르는데. 7월마다 생일을 축하해 줄 수도 있었는데. 나와 함께 살면서 정말 '은'이 될 수도 있었는데. 이제는 왜 네가 너를 '은'이라고 했는지, 7월에 태어났다고 했는지 물어볼 수도 없게 됐잖아. 정말로 아깝잖아. 어쩌면, 어쩌면 사실 네가 한 말이 거짓말이었다고 말하고 '이해해 줄 거지?'라며 눈웃음칠 수도 있었는데. 그렇다면 나는 너에게 '괜찮아' 라고 할 수 있었는데.

이렇게 되어 버리면 더 이상 거짓말도 사과도 할 수 없지 않냐고. 아깝지 않냐고. 나는 액자에서 사진을 빼냈다. 스캐너에 올려놓고 포토샵을 작동시켰다. 은의 사진이 확대되어 모니터 가득 떠올랐다.

나는 며칠 후에 은의 부모님과 짤막한 통화를 했다. 그날 와 주어서 고맙다는 인사와, 사망신고를 해야 하는데 지민이의 주민등록증을 본 적이 있냐는 물음이 오갔다. 나는 내 손에 들고 있는 '김은'의 주민등록증을 내려다보면서 거짓말을 했다.

아니오. 모르겠는데요.

은이 사라진 이후에도 나는 그 8평 원룸에 살았다. 나는 자주 놀랐고, 나를 놀라게 하는 모든 것에 은의 이름을 붙였다. 저녁에 골목길을 걷다 보면 쓰레기봉투를 뒤지는 까만 은을 볼 수 있었다. 빨래 건조대에서 은을 걷어 잘 개어 놓고, 드라마를 보면서 간간이 창밖에서 은의 가지가 흔들리는 것을 보았다. 나는 은과 함께 살고 있었다. 여름날, 바람은 미지근하고 매미 소리가 들렸다. 나는 제과점에서 사 온 케이크를 책상 위에 꺼내 놓고 스물두 개의 초에 불을 붙였다. 에어컨을 켜 놓은 방 안은 시원했지만 나는 창문을 열었다. 매미 소리가 커져 나는 내 목소리를 들을 수 없었다. 노이즈가 귓가를 가득 메웠다. 나는 입을 연다.

있잖아.

매미 소리가 그쳐 나는 창문을 닫았다. 촛불이 꺼지길 기다리며 나는 눈을 감는다.

생일 축하해, 은.

자정을 알리는 핸드폰 알람이 길게 울린다. 하나, 둘, 셋…… 핸드폰 알람이 그치고 나는 눈을 떴다. 7월 5일이 되었다. 책상 위에 놓인 액자 속에는 나와 은이 어깨동무를 하고 있는 흐릿한 사진이 담겨 있었다. 합성으로 이어진 팔 안에서, 우리 둘은 함께 있었다.

전삼혜

대학에 들어가서도 계속 키가 자랐습니다. 대학을 마칠 무렵에는 입학 때보다 3cm가 커 있었어요. 아직 키가 자라니까 나는 청소년이라고 당당하게 주장하는 뻔뻔한 스물여섯 살입니다. '다른 관점에서 보기'를 좋아합니다. 여러 가지 시선을 배우기 위해 빅뱅부터 미래까지 온 시간을 들쑤시고 있습니다.

대산대학문학상을 받으며 문단에 나왔습니다. 백일장 키드들의 삶과 애환…… 비슷한 것을 다룬 『날짜변경선』을 썼습니다.

읽고나서..

친구를 로그인하다

● **1. 소설에 나타난 5년 전 다현이의 실제 모습과 다현이의 아바타의 모습을 비교해 봅시다.**

실제 모습	아바타의 모습
키도 작고 몸무게도 많이 나간다.	동화 같은 아기자기한 모습이다.

2. '사라진 은'의 본모습을 하나하나 퍼즐을 맞추듯 적어 봅시다.

춘천에서
살았음

이름은
김지민

3. 다현이와 은은 친구라고 할 수 있을까요? 다음 다현이의 말에 드러난 다현이의 마음을 짐작해 보고 이 둘의 관계를 생각해 봅시다.

내일은 은을 만나기로 한 날이다. 5년 전에 처음 알게 된, 그러나 한 번도 얼굴을 본 적이 없는. 3년 전에 처음으로 목소리를 들은. 게임에서 만난, 어쩌면 친구. 아마도.

이렇게 먼 곳까지 와 줘서 고맙다며, 참 좋은 친구라며, 미안하다며 은의 어머니는 계속 울었다. 나는 너에게 좋은 친구였어? 은의 사진에 대고 묻고 싶었지만 그럴 수 없었다.

4. 만일 내가 지민이처럼 가상 공간에서 친구를 사귈 기회가 온다면, 어떤 모습은 감추고 어떤 모습을 만들어 내고 싶은지 이야기해 봅시다.

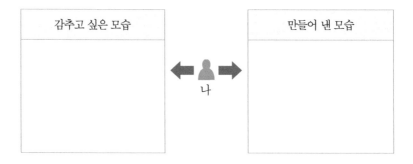

5. 다음은 '아바타'에 대한 설명입니다. 내가 가상 공간에서 사용하는 아바타가 있다면 소개해 봅시다. 나의 아바타는 나와 어떻게 다른가요?

아바타의 어원은 힌두교에서 지상 세계로 강림한 신의 육체적 분신을 뜻하는 산스크리트어 '아바타라(avataara)'이다. '아바타'라는 말이 처음 알려진 것은 1992년 공상과학 소설가 닐 스티븐슨이 쓴 소설 『스노 크래시』에서였다. 이 소설에서 아바타는 메타버스라는 가상 세계로 들어가기 위해 필요한 가상의 신체를 가리키는 말로 쓰였다. 이후 인터넷 시대가 열리면서, 아바타는 시각 위주의 가상 세계에서 자신을 대표하는 그래픽 이미지를 지칭하게 되었다. 아바타는 게임이나 온라인 채팅 등에서 널리 사용되며 현실 세계와 가상 공간을 이어주는 일종의 가상 육체가 되었다.

6. 나는 가상 공간에서 어떻게 대인 관계를 만들어 나가고 있을까요? 다음 질문을 읽어 보고 마음을 담아 대답해 봅시다.

	예 / 아니오	
• 온라인 게임에서 만난 동료들과 게임 도중 채팅을 하곤 한다.		
• 인터넷 동호회 사람들과 대화를 나누는 것이 즐겁다.		
• 컴퓨터를 안 하는 동안 인터넷 동호회 사람들이 어떤 글을 남겼을지 궁금하다.		
• 인터넷 동호회나 게임에서 활동하면 새로운 내가 되는 것 같다.		
• 나의 아바타를 실제 내 모습보다 멋지게 꾸민다.		

• 인터넷을 하는 동안 실제 생활에서보다 자신감이 생긴다.		
• 인터넷상에 마음을 나눌 친구가 더 많이 있다.		
• 인터넷을 하면서 모르는 사용자들과도 친근하게 대화를 나눈다.		
• 인터넷 채팅에서 적극적으로 대화를 이끌어 나간다.		
• 인터넷에서 알게 된 사람들이 실제 친구들보다 나에게 더 잘해 준다.		
• 실제 생활에서도 인터넷에서 만난 친구들과 함께하면 좋겠다.		
• 가족이 모르는 비밀도 인터넷에서 알게 된 사람들과 나눈다.		
• 인터넷에서 만난 사람들과 이야기하는 시간이 점점 길어진다.		
• 인터넷상에 내 마음을 다 털어놓을 수 있는 비밀 공간이 있다.		
• 인터넷에서 만난 사람들끼리 마음이 더 잘 맞는 것 같다.		

* '예'라고 답한 항목들을 모두 더해 보세요. 나는 지금 어디에 있을까요?

5개 이하 : 인터넷에서 갖는 대인 관계에 흥미를 갖는 단계
같은 게임을 하거나 관심사가 비슷한 사람들에게 호감을 느끼기는
하지만 현실의 관계를 더 중시하는군요.

6~10개 : 인터넷에서 대인 관계를 추구하는 단계
인터넷에서 통한다고 느끼는 사람들보다는 현실에서 마음을 함께
나눌 사람을 찾아 보고 정성을 쏟아야 해요.

11개 이상 : 인터넷과 현실의 경계가 모호한 단계
인터넷 안에서 편안함을 느끼겠지만 현실에서 외롭지는 않나요?
내가 현재 속한 공간과 사람들을 돌아보고 현실에 발을 붙여야 해요.

7. 다음은 「사이버 공간」이라는 제목의 시입니다. 이 글을 읽으면서 인터넷을 사용하여 '사이버 세상'을 살아가는 우리들의 모습을 돌아봅시다.

마지막으로 패스워드를 입력하고

주소에 엔터 키를 치면

모니터에 떠오르는 또 하나의 공간,

그 공간에도 비는 오는지

빗속의 너는 자꾸만 멀리 달아나는데

가냘픈 코드를 붙들고

덧없이 서핑을 반복한다.

세상은 거대한 월드 와이드 웹

나는 너에게 너는 나에게

서로 보이지 않는 올가미를 씌우며

인연을 확인한다.

오늘의 검색 항목은 '사랑'

자꾸만 자꾸만 달아나는 너를 좇아

윈도우를 열어 보지만

결코 들어갈 수 없는 너의 빈

사이버 공간.

오세영, 「사이버 공간」 『봄은 전쟁처럼』(세계사) 중에서

여름날